洪炎秋著

閑話閑話

三民書局印行

中華民國六十二年三月初版

閑話閑話

定價新臺幣貳拾元

著作者 洪炎秋
出版者 三民書局有限公司
發行所 三民書局有限公司
臺北市重慶南路一段七十七號
印刷所 三民書局有限公司
臺北市重慶南路一段七十七號

內政部出版登記證內版臺業字第六六〇號

三民文庫編刊序言

書是知識的滙集，知識是人人必備的，因而書是人人必讀的；我們出版界的責任，就是要提供好書，供應廣大的需要。不但在內容上要提高書的水準，同時在價格上也要適合一般的購買力，至於外觀求其精美，當然更是印刷進步的今日應該做得到的。

知識是多方面的，社會科學、自然科學的知識，文學、藝術、哲學、歷史的知識，莫不爲人所必需，推而至於山川人物的記載，個人經歷的回憶，也都包括在知識的範圍以內；這樣廣博知識的滙集，就是我們所要出版的三民文庫陸續提供的讀物。

在歐美日本等國，這種文庫形式的出版物，有悠久的歷史及豐富的收穫，人人愛讀，家家傳誦，極爲我們所欣羡。近年來我國的出版界，在這方面亦已有良好的開始；我們願意站在共求文化進步的立場並肩努力，貢獻我們微薄的力量，參加這種的行列。我們希望得到作家的支持，讀者的愛護，同業的協作。

三民書局編輯委員會謹識

序

序文對於書，好像帽子對於人一樣，似乎是件可有可無的東西。英國人戴帽子的比較多，美國人就顯得很少了。這大概是因爲英國天氣寒冷，戴頂帽子比較舒服；美國一來國土廣大，溫暖的地方多，二來它是個處處需要小費的國度，戴着帽子進了門，就得存放於衣帽間，取回的時候，必須付給二十五仙的小費，等於白白扔掉新臺幣十元錢，除非天生的寃大頭，誰也不願意戴頂帽子，受此虧累，所以平常的人，大都把它免了。這正好證明它可以斟酌情形，因時制宜，可有可無了。

不過一個衫履翩翩的人，只因牛山濯濯，少戴了一頂帽子，難免給人以衣冠不整的印象，確也顯得欠缺一些甚麼似的。同樣的道理，書而少了序文，也會引起讀者感到美中不足，於是乎序文就時興起來了。幸而自己沒有帽子的人，不妨向別人借一頂來張冠李戴，以充門面，序文自然也可以向別人借一篇合適的，來應應卯了。想到這裏，我就想起我的舊書堆中有一本廚川白村博士的「印象記」，卷頭一篇序文，恰好可以借來充數，於是乎把它找出來翻譯，放在這裏，省却自己再費一番手脚。序曰：

「讀書的時候，必得把序文和緒言，先讀一下。如果不預先摸索摸索，對於內容的正當的批評和理解，常會發生妨礙。所以有些人囉哩囉唆在卷頭羅列了十多頁的文字，還感不足，倘且要進一步去麻煩別人，代寫所謂序文也者，是有道理的。不看序文就一直去讀本文，有時難免像一個陌生人訪問人家，門也不叫一聲，就一直闖進客廳去，一樣的胡來。

「話雖如此，不過這本『印象記』的書寫，一開頭就想以 Causerie（譯者譯：『閑磕牙』「聊大天」）的心情來親近讀者，壓根兒就不需要序文。用不着麻煩傳達和領導，不但可以一直跑進客廳，就連廚房、書齋、厠所，以及其他任何地方，隨意進去瞧瞧，也沒有關係的這樣一本書籍。同時，讓你看到主人公的著者，乃是一個天眞無邪的好好先生，世間俗衆認爲不算怎麼一回事的事情，他却會對它感服，對它憤慨的這樣一個老實人。

「寫了這篇不像序文的序文，就是本書的序文，你就說他添了多餘的蛇足，也未嘗不可以啊。」翻譯完了，想起臺灣一句俗語：「拿別人的屁股，做自己的面皮。」是爲序。

閑話閑話　目錄

〔附錄〕

從候選到當選

一

去年國大代表和立法委員選舉結果發表了後，本版主編黃和英女士就要我把參加競選的始末，寫一篇報告登出，因為許多讀者非常關心這一件事，我答應了。可是當選以後，因為開會，應酬以外，還要替人瞎跑腿，寫八行書，忙得團團轉，一直無法交卷。現在黃女士決定移居高雄，要我在十月一日她離開本社以前，償還這筆文債，我只好「限時專送」，清理一下。

自從民國三十六年我被簡派為第一屆國民大會代表暨立法委員臺灣省選舉事務所選舉委員以後，臺北市每有選舉，不管是市長，是參議員，是省議員，是市議員，我都以「社會賢達」的身分被聘爲選擧委員，參加選擧工作。在這二十多年的工作中，使我覺得我們的選擧，無論在工作人員的認眞、守法，候選人的素質、資格，選民的知識、判斷，都是一屆勝過一屆；唯一可惜的是，候選人的花費，却一屆比一屆直線上升。三十五年本省光復不久，我參加參政員的競選，雖然差兩票沒有當選，可是全部開消只花去交通費二千一百數十元；而這次院轄市第一屆市議員的競選，却聽說有些人花掉上百萬元的金錢。照這樣下去，貧窮而有資格擔任公職的人士，就永遠不能出頭，因此我對於民主政治的前途，抱着隱憂，認爲必須設法改革。

有一次，在北京大學同學會的會上，遇見了蘇紹文同學，他對我說：「國民黨臺北市黨部林金生主任委員對我說，這次臺北市立法委員的增選，通共四名，大概黨只要提三名，留一名給黨外人士；在他眼中，你最適合，叫我鼓勵你出來競選。我回答他，這番意思，我可以替你傳達，不過我個人却不贊成他出來，因爲競選是一件最花錢、最費力的事情，你沒有錢，歲數不小，又患高血壓症，所以不贊成你出來。」我說：「老兄的意見絕對正確，就替我謝謝他吧。」

可是天下事常有料想不到的發展，第二天我在報社對同仁一提，竟然大家都主張出來一試，尤其是素抱消極態度的何容兄，這次特別起勁。他說：「這是提倡改革選擧惡風最好的機會。我們把選擧做爲下圍棋那樣的認眞的遊戲來處理，在不費錢，不傷身的範圍內，去參加競選，自然可以達到『勝固可喜，敗亦欣然』的境地了。至於費用，我有五萬元存款，可先拿出來應付，不够的慢慢再來湊一湊。」羊汝德總編輯則說：「洪社長具備的好些好條件，先不去說它，只說今年各總司令請吃春酒的時候，有四次摸彩，洪社長摸到兩次頭獎，可見運氣不壞，可以出來一試。」這樣七嘴八舌，竟把我的興致勾起來了。

經過幾天的考慮，我就給林金生主委去了一封信，大意是說，你勸我參加競選，我自己因爲一來沒有錢，二來健康也不好，所以決定不出來，現在經過許多朋侯的慫恿，決定看看國民黨的措施，再做考慮。假定國民黨提滿額，我不出來；假定國民黨對於黨外的候選人，不分皂白，一律加以阻礙，我也不出來。請他給我一個答復，供我參考。他回答我，這樣的問題，他不便表示，已經反映上去了。

到了後來，國民黨提名，只提三位，留一名給黨外人士去爭取；而中央黨部第一組陳建中主任，也在一個記者招待會席上，公開表示，這次選擧，國民黨採取的是人才主義，只要是人才，不管是黨員、非黨員，黨方一律支持。這兩個措施，可以認爲是國民黨對於我所提出的、是否參加競選的兩個前提的、不着痕跡的答復；我得到了這個答復後，纔確定前往登記，參加競選了。

二

我在臺北市選擧事務所辦理好登記後，就給全市的新聞同業去一封信說：「炎秋這回接受友人的慫恿，出馬競選立法委員，要以革新選風爲號召，純靠『無錢』爲『本錢』，只憑口頭、文字、腿力和人緣來競選，以響應　總統『節約』『守法』的昭示。在競選期間，絕對不雇黃牛，不請客，不送物，連海報和宣傳車這類俗套全都摒棄，以免損毀市容，增加噪音。其實這些俗套，弟也無力去做，蓋亦『酸葡萄』之意也。弟最大之精神武器，爲各同業之支持，甚盼在報導和評論上，多多美言兩句，是所至感。」

這一封信發生的效力很大，他們不但在報紙上極力捧我的場，而且在一次民營報業聯誼會的席上，滿場一致議決，在十二月五日可以公開競選活動的那一天，由大華晚報、大衆日報、中國時報、民族晚報、自立晚報、英文中國日報、英文中國郵報、華報、經濟日報和聯合報這十家民營報，同時登出一個共同啓事說：「我們共同推舉國語日報洪炎秋社長出來競選立法委員，洪炎秋社長畢業於國立北京大學，曾赴歐美東亞各國研究，一生從事教育工作，人品清高，學識豐富，著作很多，而又熱心服務。他雖出生於彰化縣，却在北平住過二十五年，臺北二十三年；光復後，致力國語推行，以求民族的團結，絕無地域的偏見，是一位最理想的立法委員，所以我們負責向各位讀者介紹，希望大家投他神聖的一票，使他能够當選，好來多多爲我們做些事情。」

民營報紙的捧場，是相當露骨的，而公營報紙雖然比較含蓄，却也沒有例外。例如中央日報對於紙面的處理，素來十分審愼，它不輕易罵人，也不輕易捧人，但這次却也派遣過採訪部副主任胡有瑞女士，做過一次訪問，刊登一篇地位頗大，敍述很詳的介紹專欄。英文中國郵報則曾經例外地選採中文報上好些揄揚的文字，發行過一次中文的增刊。諸如此類破格的幫忙，不是任何數目的金錢可以買得來的，因此使好些對我的競選，素抱悲觀的朋友，也隨而轉趨樂觀了。

我看到「紙彈」的威力並不下於「銀彈」時，就更在這方面下工夫，除勞煩何凡兄編輯一張國語日報特刊，登着好幾位知名之士寫的宣揚文章，印刷幾十萬份，分送各方外，另外寫了一封求援的私信，分別郵寄旅北的各位彰化同鄉、臺中師範畢業同學、臺大畢業同學，以及其他有些關係的人士。信中這樣說：「炎秋沒有『錢』，幸而擁有好些至親好友和平時神交的支持者。這些『人』的力量，是比『錢』大得多的。如果這些『人』肯出來幫忙，炎秋相信可以在本省的選壇上，出現一個奇蹟，使充滿銅臭的選擧風氣，爲之一掃而光，爲民主政治鋪下一片良好的基礎。美國林肯總統初次出來競選國會議員，因他很窮，有個朋友助他二百元選費，他當選了後，還給他的朋友一百九十九元二角半，因爲他在競選中，只用了七角半買了一簍蘋果請他的助選員，沒有用過其他的費用。可見競選不一定非『錢』不可，要緊的是有『人』幫忙。各位至親好友如能協力相助，那麼，選出一位不花錢的立法委員，是不成問題的」

這些「紙彈」攻勢，十分有效，終於引起了中國文藝協會、中國語文學會、中國婦女寫作協會、中國青年作家協會、中華民國新詩學會、中國書法學會、中華民國國劇欣賞委員會、中華民國話劇欣賞委員會、中華民國國畫學會、中國水彩會、中國攝影學會和中國家庭教育協進會等十二個文教團體的共鳴，他們在投票前爲我在自由之家，開了一個盛大的聯合茶會，到會的會員三百數十人，在會中熱烈表示對我的支持，使我聲勢大增，能够在教育界和文化界，獲得許多的選票。

三

競選的方法，二十年來，推陳出新，花樣百出，但是最主要的仍舊不出講演、發傳單、出海報、登門拜託、開宣傳車去巡迴哀求、利用電視和廣播這幾種花樣。這次候選人簽訂公約時，大家以電視花錢太多，貼海報容易引起爭執，而且選舉後清除困難，給地方上增添麻煩，所以同意這兩種手段不得採取，其他全都可以使用。

我除了不使用宣傳車這一點，與衆不同之外，其他如講演、發傳單和登門拜託，却是行禮如儀。在這幾項活動之中，登門拜託最爲吃力，却也最爲有效。二十三年前我參加參政員競選時，有位兩朝元老、百戰百勝的老參議員指點我說，「見面三分情」這句古語，在競選中最能够證明出它的眞理，因爲當面拜託，最爲有效，而且見面一次不如兩次，兩次不如三次，次數越多，結果越好。這次競選，同事楊佑鑾君，是一位山東好漢，他跟大安、古亭兩區的幾十位外省籍的里長，差不多都有交情。他對我說，這兩區的外省選民很多，在十一個候選人中，要爭取外省選票，我最容易；他要領我去找各位里長，請他們帶着我一家一家去拜託，這一招一定可以獲得很多的選票。我就採納他的建議，分別一里一里去拜託，再請里長帶着我一家一家去訪問；由投票的結果，證明出我親自去拜託過的那些地方的票箱，投給我的票數，都比別人多得多，只可惜我的時間不够分配，腿力又不大濟事，十多天中，只訪問了二十來個里，不然的話，還可以多得許多的票。

至於宣傳車，我雖然遵守約束，絕不使用，但是事後研究，却發見它也很有用處，因爲它可以彌補個人脚力的不足，禮貌的未周。選擧過後，我有一次在公共汽車上，聽到兩位職業小姐在談論選擧，其中一位小姐說：「我們的經理叫我們支持洪炎秋，可是洪炎秋不但自己不露面，連宣傳車也懶得來拜託一下，未免看不起人，所以我看到了黃玉嬌在講演臺上，打躬作揖的一副可憐相，就把票投給她了。」可見自己走不到的地方，有宣傳車的播音小姐代表去禮貌一番，也能發生很大的作用，難怪周陳阿春女士爲了此事，幾乎和我決裂。因爲她競選議員時，用過的那輛吉普車，裝備齊全，沒有拆掉，可以提供給我利用，司機、汽油和播音小姐各種開銷，也都由她支理，不要我花一分錢，因爲我不識抬擧，堅決拒絕，使她大失面子，氣了好幾天，不來帮忙。

競選的步驟和方法，我已經報告得差不多了。那麼，我標榜的「以無錢爲本錢」，是不是眞正可以不花錢？我的回答是：「不然，不然，絕對不然。」我從登記到結束，全部花去了新臺幣二十九萬四千五百二十二元，其中二十六萬多元是在選擧結束前花掉的，三萬多元則是當選了後，寄發謝函的郵資和宴請助選人的酒席費。問起那二十六萬多元的去處，分析起來，是印刷品費佔去絕大的多數，其次是郵資，再次是交通費，其他則都是零碎的小數目了。印刷品最難控制，來要的人都是好意，不能不給，三千兩千張以至三萬五萬份都不稀奇，有個朋友一開口就是十萬份。我問他要這麼多幹什麼？他說，他跟電影院、夜總會、舞廳、飯莊和酒家，都有關係，一分散開去，就爲數很微了。這是實話，絕非誇張，你怎麼可以不給？所以這一項的浪費，是無法節制的，因而在支出項目上，獨佔鰲頭。

這些費用大部分是親友的樂捐，小部分是由我自己籌措，後來用退休金歸還的。至於前來帮忙的助選人，都是無條件出於自願，並且自帶便當，不吃我的飯。所以我當選之後，無論在金錢上或精神上，都沒有什麼負擔，感到十分輕鬆。我決定競選的時候，除了何容兄捐助五萬元以外，其他親友又醵出五萬元，蘇紹文兄送來五千元，我的女兒和兒子，各出一萬元，通共十二萬五千元，我就宣布要拿這一點錢做爲競選費，那兒知道這就和臺諺所說的「起厝備半料」一樣，結果因爲所預備的材料，只能把房子蓋起一半，另外一半勢成騎虎，不得不極力去張羅了。好在我的人緣還好，大家看我不上不下，欲罷不能，都出來帮忙，使我很容易地突破難關，終於以八萬二千數百票當選，名次僅次於功在國家、威振全市的謝國城兄。這個結果，第一、證明了我們的社會是有是非的，天下事仍然大有可爲；第二、證明了這個時代並非大衆所想像的金錢萬能的時代，還是可以拿「人」來跟「錢」拼的；第三、證明了「秀才造反，三年不成」的話不一定是眞理，如果秀才們肯於通力合作，仍然可以獲得很大的成就。總而言之，我的當選雖似徼幸，却是「衆志成城」「衆擎易舉」的明證

（五十九年，十二月二日「國語日報」）

臺灣教育演進史略

一

臺灣土地上印有中華民族移居的足迹，遠在唐宋以前，而中華文化自然也隨着民族的移居而一同流入，這可以由近年出土的先民遺物，得到證明。不過那時候的移民，人數既少，又乏組織，自然不能有教育的施設；臺灣開始有教育的施設，而文獻足徵的，應該由十七世紀初葉，荷蘭人和西班牙人分據臺灣南北部時來起算。荷蘭人於明熹宗天啓三年（一六二三）佔據臺灣南部，後三年西班牙人佔據北部，都曾經有過教育的施設，以輔助基督教的傳播；不過西班牙只佔據十六年，就被荷蘭人趕走，而荷蘭人則佔據三十八年，纔遭遇到鄭成功的驅逐，而退出臺灣，這兩者的佔據時間，因有久暫之分，所以教育的效果，也就自然不同了。自荷、西兩國人在臺灣開始創辦教育事業以來，計爲三百五十多年，在這三百五十多年間，教育的演進，約略可以分爲五個時期：一、荷、西佔據時期，二、明鄭統治時期，三、清朝統治時期，四、日本佔據時期，五、光復以來到現在這個時期。每個時期的政治目標，各不相同，而教育施設也就不得不隨而各有差異了。

二

荷蘭人於天啓五年佔據臺南的安平等地，做爲東洋的貿易根據地，設置總督以處理政務，次年卽派遣許多傳教士到新港、目加留灣、蕭壠、麻豆、大目降等住有土著居民的番社，廣設教堂，傳播基督教義，以撫綏土著，收攬人心，輔助統治，藉以伸張勢力，鞏固地盤。當時的傳教士，多能發揮宗教精神，不惜辛苦，勤習番語，用羅馬字拼音，撰著「番語集」，以供傳教士學習之用，所以他們都能用方言傳道。這種拼音文字，漢人稱它爲「新港字」，有了這種簡便的紀錄工具，於是乎聖經的馬太傳、約翰傳、摩西十誡、信仰條目、祈禱文和耶穌問答等書，都有新港字的譯本，給予傳道上許多的方便。

這批傳教士除於星期日招集土著，群聚教堂，爲他們講經祈福之外，並於平時利用醫藥物資，幫助他們解決困難，改善生活，因而信徒一天多於一天，乃逐漸在教堂中附設學校，教以敬天尊上諸德目，以及粗淺的知識，和常用的荷蘭話，消除他們的反抗心理，使能跟荷蘭人和平相處，便於治理。荷蘭人的這個利用宗教教育，以懷柔土著的政策，十分成功，自從崇禎九年（一六三六）跟番民設誓言和，以至永曆十五年（一六六一）敗退臺灣的二十五年間，未曾遭遇有組織的武力反抗，可作證明。當初所有各校的教師，都由傳教士擔任，後來學校日多，學生漸衆，傳教士不敷分配，乃由駐軍中挑選可以勝任的士兵，充任助教，經過數年，仍然感到不足，到了永曆十一年，荷蘭總督提議創設師範學校，以培養土著的教師，好來應付日漸發達的教育的需要；這個計劃，未及實現，就被鄭成功驅逐離臺了。

西班牙人佔據臺灣北部，比荷蘭人佔據南部，遲了三年，期間又很短，只有十六年，所以成就也不及荷蘭人。他們登陸臺灣，就在鷄籠的社寮島，設置總督，總理政務，同時派遣宣教士分向現在的基隆、淡水各番社，傳道佈教，附設學校，一切措施，和南部的荷蘭人，如出一轍，也用羅馬字拼音，做爲傳道和教育的工具，所以各部落的青年，都能够運用這種文字來閱讀經典，書寫文件，因此荷蘭人奪取了臺灣北部以後，得以因利乘便，收到事半功倍的效果。

總而言之，荷蘭和西班牙這兩個十六、七世紀的帝國主義國家，佔據臺灣的期間，雖然都很短暫，却對於後來到臺灣來佈道的新舊教的傳教士，給予了兩個很有影響的信念：其一是，利用簡單的拼音羅馬字，可以使無學的文盲，很快地獲得閱讀、寫作的工具，容易接受宗教的傳佈，所以表達番語的「新港字」，後來就逐漸發展而成功爲表達閩南話、客家話，以及其他各種方言的「白話字」，盛行於全臺各教堂，收到很大的效果。其二是，創設學校，培植知識青年，以提高教會的地位，加强教會的基礎。日據時期，對於教育，控制極嚴，不容私人辦理學校，經過英、加各國傳教士的多方奮鬬，竭力爭取，終於能够在淡水和臺南兩地，各設長老教中學校一所，而天主教也在臺北創立靜修女學校一所，這三所男女中等學校，爲臺灣私立學校的嚆矢，設備完善，可和公立學校抗衡。光復以後，辦學自由，教會所創設的各級學校，更加發達，高等教育如基督教的東海大學，天主教的輔仁大學，比諸國立學府，毫無遜色。臺灣教會的這樣努力於教育施設，說是接續三百多年前荷、西兩國佔據時期的傳統，把他們的流風餘緒，加以踵事增華，也未嘗不可。

三

明延平郡王鄭成功爲獲得反清復明的基地起見，於永曆十五年（一六六一，清順治十八年）渡海東征，驅逐荷蘭人，收復臺灣。鄭成功奄有臺灣未及半年，就得病逝世，其子經和克塽，後先繼立，唯是對於清朝的武力壓迫，無法抵抗，遂於永曆三十七年（一六八三，清康熙二十二年）降於清朝，傳世三代，歷時二十二年，時期很短，加以戎馬倥偬，對於文敎，未遑多所創建，但是敎育施設，仍有足述，研究臺灣的中華文化的來歷，不能不溯源於這個時期。

鄭成功初到臺灣，忙於施政撫民，整軍經武，建設反攻復明的基地，對於學校的措施，未暇顧及，一直到了永曆十九年（一六六五，淸康熙四年）鄭經方纔採納諮議參軍陳永華的建議，籌備興建聖廟，設立學校，以振肅風氣，培育人才，並命令永華負責進行。過了一年，永曆二十年正月，承天府（臺南市）桌仔埔的聖廟落成，就在這年三月，任命永華掌管學院，禮官葉亨爲國子助敎，做他副手，是爲臺灣官立學校的嚆矢。鄭成功稱臺灣爲東都，一切施設，全都因襲明代遺制，中央政府設有吏、戶、禮、兵、刑、工六官，地方則置承天府，下設天興、萬年兩縣，鄭經升縣爲州，另在南、北兩路和澎湖，各設安撫司，以治理軍民，敎育則以學院爲最高學府。學院下面，府設府學，州設州學，約略相當於現代的中等敎育，各鄉鎭則設社學，好像現代的初等敎育。各級敎育，都和科擧制度互相配合。考選學生，依照歲科的辦法，州試合格的送府，府試合格的送學院，院試合格的准其入院肄業，爲期三年，月課一次，給予廩膳（公費），三年期滿，擧行大考，大考及格而成績優良的，分發六官爲都事，由此可以逐漸升遷，擔任各級官吏。明鄭時代的敎育制度，雖始終未脫草創階段，却也已經略具規模，可以用「麻雀雖小，五臟具全」兩句俗語來形容它了。

四

永曆三十七年（一六八三，清康熙二十二年）鄭克塽降於清朝，臺灣正式歸入中國版圖，成爲福建省的屬府，於是乎清朝一切的典章文物，遂全部施行於臺灣，教育宗旨和學校制度，自然不能例外，完全遵照中央政府的規定辦理。我國歷代的教育宗旨，自三代以來，皆以闡明人倫爲最高目標。孟子說（滕文公篇上）：「夏曰校，殷曰序，周曰庠；學則三代共之，皆所以明人倫也。」此種以闡明人倫做爲教育的根本精神，自三代一直傳到清朝，仍被遵循不改，所以前清各省的府、縣儒學，都設有明倫堂，就在臺灣，也不例外。不過清朝一代的教育宗旨，表面上雖以明倫爲大綱，而在實質上的細目，則以培育專制一尊政體下守己安分的順民爲目的。這可以在順治九年頒行於直隸省儒學明倫堂的臥碑文，和康熙九年所頒的聖諭十六條，窺見一斑。

㈠順治九年頒行的臥碑文：「朝廷建立學校，選取生員，免其丁糧，厚以廩膳；設學院、學道、學官以教之；各衙門官以禮相待；全要養成賢才，以供朝廷之用。諸生皆當上報國恩，下立人品、所有教條，開列於後：一、生員之家，父母賢智者，子當受教。父母愚魯或有非爲者，子既讀書明理，當再三懇告，使父母不陷於危亡。一、生員之志，當學爲忠臣、清官，書史所載忠清事績，務須互相講究。凡利國愛民之事，更宜留心。一、生員居心忠厚正直，讀書方有實用，出仕必作良吏。若心術邪刻，讀書必無成就，爲官必取禍患。爲害人之事者，往往自殺其身，常宜思省。一、生員不可干求長官，交結勢要，希圖進身。若果心善德全，上天知之，必加以福。一、生員當愛身忍性，凡有司官衙門，不可輕入。卽有切己之事，止許家人代告；不許干與他人詞訟，他人亦不許牽連生員作證。一、爲學當尊敬先生，若講說，皆須誠心聽受。如有未明，從容再問，毋妄行辯難。爲師亦當盡心教訓，勿致怠惰。一、軍民一切利病，不許生員上書陳言，如有一言建白，以違制論，黜革治罪。一、生員不許糾黨多人，立盟結社，把持官府，武斷鄉曲。所作文字，不許妄行刊刻，違者聽提調官治罪。」

㈡康熙九年頒行的聖諭十六條：「一、敦孝弟以重人倫。一、篤宗族以昭雍睦。一、和鄉黨以息爭訟。一、重農桑以足衣食。一、尙節儉以惜財用。一、隆學校以端士習。一、黜異端以崇正學。一、講法律以儆愚頑。一、明禮讓以厚風俗。一、務本業以定民志。一、訓子弟以禁非爲。一、息誣告以全良善。一、戒窩藏以免株連。一、完錢糧以省催科。一、聯保甲以弭盜賊。」

此外還有順治九年頒行的欽定六諭，乾隆元年頒行的以獎勵書院、養成人才爲急的上諭，五年頒行的大學訓飭，四十四年頒行的釐正文體的上諭，五十三年頒行的禁止小說淫書的上諭等諭詔，全國學校皆奉它爲教育生員的圭臬。臺灣歸隸有清版圖以後，也遵奉此等上諭所指示的宗旨，以施行學制。

清代的學制，自中央到府縣，系統井然，有條不紊。掌管教育施設的最高行政機構，爲中央政府六部中的禮部，主管長官則爲禮部尙書。其在地方，則各省置有學政使一人，隸屬於巡撫，綜攬全省有關學校、貢擧一切的事務。各府置有提調官一人，協佐學政使，辦理該府的學政；另置教授一人，掌管府儒學的事務。州置學政一人，掌管州儒學的事務；縣置教諭一人，掌管縣儒學的事務。所謂學政使，猶如現在省教育廳長，而所謂提調官，猶如現在縣、市教育局長或教育科長，唯官階較高而已。府、州、縣的儒學中，另外設置訓導若干人，以輔佐教授、學正、教諭。以上所述，就是前清教育行政組織的大略。

臺灣學制，大體也依照此種組織施行，唯因地屬福建，遠阻重洋，福建省的學政使，無法在臺行使職權，因此援照陝西省的延安和廣東省的瓊州前例，使臺厦道兼理臺灣學政；至雍正五年，乃改由漢巡臺御史兼理；乾隆十七年，又改由臺灣道兼理。光緒三年，福建巡撫門每年春秋二期分駐臺灣的新例，於是學政使的職務，即改由巡撫兼理。光緒五年，又以福建巡撫未能整年駐臺，對於臺灣學政，難免有所躭誤，所以又改由常川駐臺的臺灣道兼理。光緒十一年，臺灣脫離福建省的管轄，獨立自成一省，有專設的巡撫，於是學政一職，又歸巡撫兼理。至於全省所有有關貢擧的事務，則委任臺灣道掌管；而提調官一職，則由知府兼掌，專司調派教授、學正、教諭，和訓導各種教官。惟臺灣原未設州，光緒十一年雖有臺東州的設置，也一直沒有建設州學，所以學正一職，在臺灣省中，未曾有過。至於各府、縣的儒學，因爲學額大都不廣，掌教的官，無需多設，所以府學而缺訓導的，或縣學而缺教諭的，時常多有；因爲新設的行省，歷史短暫，一切編制，每多因陋就簡，無法求全責備。府、縣儒學之外，常常設置書院，以補其缺。書院的主講席，掌訓課的事者，名爲院長；輔佐院長以監理院務的，名爲院監；院監一職，常由府、縣儒學教授，教諭兼任，沒有教諭的，則由訓導兼任。

府儒學隸屬於知府，受學政的監督，而由教授（正七品）及訓導（從八品）擔任教誨的責任。縣儒學則隸屬於知縣，也受學政的監督，其教誨的責任，則由教諭（正八品）及訓導（從八品）擔任。臺灣雖未有州儒學，却設有廳儒學；廳原爲分府的一種，主管的官名同知，其地位與知縣相等，所以廳儒學的體制，也和縣儒學略同。府、縣儒學的設置，其主要的目的有二：㈠建立學宮，以祀先師，示崇矩範，兼行釋奠，使生員知道教學的淵源。學宮的規制，概有一定：南面坐落，繞以泮池，中建大成殿，大成殿中祀孔子，東西爲四配、十二哲；殿旁有東西兩廡，東廡從祀者，有先賢四十及先儒三十一，東廡從祀者，有先賢三十九及先儒三十；殿後有崇聖祠，祀孔子先世五代。臺灣各地學宮，多附設朱子祠，因爲朱子曾經宦遊泉、漳兩府，遺愛甚深，而臺灣住民,多來自泉、漳，與此有特殊的淵源,所以康熙五十一年分巡臺厦兵備道陳璸重修臺灣府儒學時，特加附設，遂成定例，爲他省所沒有，㈡設置明倫堂，指導生員，兼施月課，以爲科考的準備。儒學生員，通稱秀才，其入學考試，每三年舉行一次，考生須經縣考、府考、院考三次的考試；院考及格後，方能入學肄業，通稱入泮，意謂進入泮宮；泮宮就是學宮。入泮生員，每年考試一次，成績優等者，官給廩膳費（公費）叫做廩膳生，略稱廩生；成績次等的，錄取為增廣生，略稱增生，遇廩膳生出缺時，就其中遞補；廩生和增生，皆有定員，叫做泮額。依照順治四年的規定，直省各學廩膳生員，府學四十名，州學三十名，縣學二十名；增廣生員，名數相同。唯各省府、州、縣，並未完全遵照此項規定名額施行，而另依其人口的多寡及文風的盛衰，予以伸縮。以縣而論，大縣泮額有多至三四十名的，中縣二十餘名，小縣十餘名不等。康熙二十七年（一六八八），臺灣的府、縣儒學，初設泮額，當時的福建巡撫張仲學疏奏：「臺灣郡縣設立學校，但與考之人無多，未便照內地之額。府學量設廩，增生各二十名，縣學各十名，俟人才漸盛，仍照直隸各省之定額。」禮部覆議：「應准如所請。」唯其後曾屢次准予增加泮額。儒學中除設置定數的廩、增生外，還可以在成積雖未優異，而也頗有可觀的生員中，作為遺才，附加錄取若干人，各為附生。儒學學宮祀孔的祭典，名為釋典，屬於官祀，各省雖皆重視，而以臺灣所舉行者，為最隆重。因為前清以臺灣為新附的領土，民俗悍獷，極需教化，所以對釋奠典禮，特別隆重舉行，目的在於利用它以振作重道尊儒的風氣，而收得化民成俗的效果。

府儒學所掌管的事務，計有六項：㈠管理該學的經費和孔子的祭祀；㈡處理員生的進退；㈢

決定教官的任免；㈣指揮學內的工作；㈤辦理府考；㈥分配教官的工作。前三項須受學政監督，後三項則由知府直接處理。府儒學的開支，計分兩種：㈠教官的俸祿和廩膳生的廩膳費；此項經費，由該府的戶糧房（國庫）支付。常年的開支標準：府儒學內的教授和訓導等教官，年俸四十五兩；廩膳生的廩膳費，每人每年二兩八錢九分。㈡生員月課的膏伙（獎學金），則由該學的學田學租項下開支。府儒學的經常費，由知府掌管，而受學政監督；其學務上的收支事項，則由該學教授和戶糧房共同管理，徵收租銀和支付月課等費，其收支帳簿，仍須呈送學政檢閱。府儒學的生員，該府所轄各廳、縣的秀才，皆可收容；而廳、縣儒學，則限定招收本廳、縣的生員，廳、縣儒學，也受學政的監督，而直接管理者，則爲同知和知縣。廳、縣儒學的經常費、祭聖、生員的進退、教官的任免、學內的指揮、縣考的辦理，以及學田管理等事項，其制度也和府儒學大同小異。

以上所說的府儒學和縣儒學，都是官學，除主管教學和考試外，兼辦地方教育行政。此外還有書院、義學、社學、土番學和民學各種機構。書院乃介於官學和私學之間的學校，在補助式官學的不足。創設的時候，或由官府，或由民間所義醵，分設於省城、府縣城以及其他各地；而由各地長官，如道臺、知府、知縣以及各關係者分別管理。主講的人原叫山長，乾隆二十一年（一七五六），改稱爲院長。舉行月課，發給膏伙（獎學金），爲淸代臺灣文運的中心。始設於康熙四十三年（一七〇四），迄光緒十九年（一八九三），本省先後設立的書院，計三十七所。義學一稱義塾，由鄉紳富戶設立，延師以教閭里貧困的子弟。始設於康熙二十二年（一六八三）。社學爲諸士子結社敬業樂羣的場所。始設於康熙二十二年（一六八三）。土番社學，則爲專事教育山地人的學校。始設於康熙三十四年（一六九五）。民學爲私學，普通稱爲書房；遍設民間，實爲清代臺灣的基本教育。始設於明鄭時代；至嘉慶，道光以後，乃大興盛。

以上所述六種學校，就其教育程度而言，府縣儒學和書院可視爲中等教育；義學、社學、土番社學和民學，類似初等教育。而其設立性質，府縣儒學爲純國立，而且兼爲教育行政機構；書院、義學、社學和土番社學，官立的也有，私立的也有，還有半官立性質的；民學則純爲私立，其中以義學、民學、社學設遍全臺各地。但都側重於科考的準備，和今日以普及國民教育爲目的的初等教育，完全不同，這是當時情勢所趨，未可厚非。

臺灣建省以後，巡撫劉銘傳鑑於時勢的趨向，奏請倣效外國的學制，開設新式學校。遂於光緒十三年（一八八七）設西學堂於臺北；十六年（一八九〇）創立電報學堂於臺北電報總局內；同年，復設立土番學堂於臺北，以作教化山地同胞的特設教育機關。各學堂都設有總監（相當於今日的校長），秉承巡撫的命令，綜理各該學堂的事務。其下並各設有教員（大部份爲西人）、助教（大多爲留學生），擔任教課。此爲清代末期本省新教育的萌芽，可視爲學校教育的一種新體系。可惜未及一年，和其他各種新政，都爲繼任巡撫邵友濂所廢棄，建學當時所懷抱的理想，全歸泡影了。

五

臺灣由於光緒二十一年（一八九五，日明治二十八年）四月十七日中日兩國締結馬關條約割讓予日本，日本卽派兵於五月三十日由三貂嶺登陸，六月十四日攻入臺北城，卽於六月十七日舉行臺灣總督府始政典禮，總督府下面，設有總督官房（卽秘書處）和民政、陸軍、海軍三局；民政局下面，設有內務、外務、殖產、財務、學務、遞信、司法七部。依照五月二十一日所制定的臺灣總督府假（臨時）條例的規定，民政局長官所執掌的，爲：「輔佐總督，整理行政、司法的事務，並監督各部的事務。」而學務部的任務，則爲：「掌管有關教育的事項。」當時的代理民政局長爲水野遵，而代理學務部長則爲伊澤修二。伊澤修二於舉行臺灣總督府始政典禮當日，由日本趕到臺北，卽於翌日（六月十八日）租用本市大稻埕港邊街舊德國領事舘，成立學務部，開始工作，日本對臺灣五十年間的教育施設，卽由是而發軔。

學務部成立之初，以官民言語不通，政令無法推行，所以第一步的教育方針，在於着重日本國語的推行。當時伊澤學務部長，曾向樺山總督呈上一份臺灣教育意見書，略謂：「臺灣教育的方針，大體可分二途：第一爲目下急要的教育事項，第二爲永遠的教育事業。所謂目下急要的教育事項，所應注意的爲：㈠開拓彼我思想交通的途徑：此爲使木地人速習日本語，同時也須使移往臺灣的日本人，學習日常所需的方言。㈡使一般人民週知尊崇文教的至意：注意保護文廟，並予以尊崇；不破壞中國歷朝所採用的科舉考試的方法，儘量加以利用；例如採用當地人民爲下級官吏時，可舉行考試，其考試科目中，可列入初步的國語。㈢置重宗教與教育的關係：對遇耶穌教宣傳師等的方法，不可有誤；須使本土派來各宗派的布教師，在適當的範圍內，從事布教。㈣應考察當地的人情、風俗：教育在於醇化人心，因此須涉歷各種社會，深察其人情、風俗，以設立可以適應的教育法。所謂永遠的教育事業：㈠應在臺灣總督府所在地，設立師範學校，並附設模範小學校；㈡應編輯師範學校用和小學校用的教科書；㈢應在各縣所在地漸次設置師範分校，並各附設模範小學；㈣俟總督府所在地以及各縣所設的模範小學校，臻於完整，應漸次在各地設置小學校；㈤俟師範學校的學科臻於完備時，應並設農業、工業等實業科。以上不過略示當初數年間應該施設的教育事業的概要，至於頒布學制，設立學區，施行學齡兒童就學的法令，進而振與中等以上的學校和各種專門的學校，則尚須等待數年之後，所以今不備述。」

以上所述，爲學務部當局對於草創臺灣教育的意見，而當時民政局也在其報告中，發表兩點教育方針：㈠設立國語學校，漸次普及普通教育；㈡尊崇學者。基於上述之意見及方針，學務部即於其成立當時，開始計劃會話書藉的編輯和學堂的創設。這些計劃，因爲日本當局，屢遭義民的武力反抗，所以雖然努力推行，却在兵馬擾攘之間，很不順利。所以佔據當初七八年間，不能完全施行民政，對於教育，自然是不會有什麼成績的。

日本佔據臺灣的次年，就是民前十六年（一八九六，日明治廿九年）總督府就宣布施行民政，實際上各地義民抗日的遊擊戰，一直到民前十年，纔被平定。這段期間的教育施設，是以國語學校（文中敘述日據時期所用「國語」，指的是「日語」）和國語傳習所爲中心，而逐漸展開。光緒廿四年頒布臺灣公學校規則。以公學校爲本省人初等教育機構，日本人則依照日本內地的標準，設立小學校，另爲土著高山族人設立四年制的番人公學校，對於日本人、本省人和山地人，分別施以不同的教育，不但名稱互異，就是課程也大不相同。到了民國三十年第二次大戰末期，爲收攬民心，表示平等，纔把小學校和公學校的名稱統合爲國民學校，但是課程標準仍分別訂有第一、第二、第三號表，予以分別，各進各的學校，名義上撤去差別，程度上則很有高低。在中等教育方面，民國十一年修訂教育令，除小學校和公學校仍舊外，中等以上的學校，完全把日、臺學生的雙軌學制，合併爲單軌制，採用共學政策，其實初等教育基礎不同，臺灣學生在入學考試的競爭上，自然敵不過日本學生，所以在平等待遇制度下所產生的結果，依舊是不平等。

在民國十一年修訂重頒臺灣教育令以前，爲日本學生設立的各級學校，完全跟日本內地一樣，我們不去管它，現在只把爲本省人創設的教育機構，簡單介紹一下。臺灣總督府於民前十四年（日明治三十一年，一八九八）八月，頒布臺灣公學校規則，第一條規定：「公學校以對於本島人的子弟，施行德教，傳授實學，使其養成國民的德性，同時精通國語爲本旨」；第三條規定：「公學校的生徒，年齡爲八歲以上，十四歲以下」；第四條規定：「公學校的課程爲：修身、國語、作文、習字、唱歌、和體操」。這個規則施行了六年，發見許多不切實際的地方，乃於民前八年（一九〇四，日明治三十七年）大加修改，第一條爲：「公學校以對於本島人的兒童，教授國語，施行德育，養成其國民的性格，並授與生活上必須的知識、技能爲本旨」；第二條爲：「公學校生徒的年齡，爲滿七歲以上，滿十六歲以下」；第三條爲：「公學校的修業年限爲六年；其課程爲：修身、國語、漢文、和體操，女子加授裁縫。依土地的狀況，得加授唱歌、手工、農業、和商業的一科或數科；也可以缺略漢文和裁縫」。民前七年（日明治三十八年，一九〇五）因爲公學校的制度已經確立，就把國語傳習所全部廢止了。

日本人對於殖民地教育所採取的政策，跟英國人完全不同。英國人在普及教育方面，不感興趣，却對於少數的原住民的專門教育，特別用心，挑選少數勢力家的聰顥子弟，由初等教育直到高等教育，悉心培植，以爲統治上的助手，所以產生不少的專門人才，而對於全體民衆，則一直由他愚昧，不去理會，這可以在印度和星馬等地方看出；而日本人對於本省人的初等教育，尤其是日語教育的普及，煞費苦心，極力推行，而對於中等以上的教育，則儘量壓制，不去施設；六年制的公學校遍設各地，後來且實施義務教育，而中等以上的教育，經過二十四年的佔據，總是雜亂無章，一直到民國八年臺灣教育令施行以後，纔有制度，所以在此以前，本省人要獲得中等以上的教育，只有到日本本土去留學，在臺灣是沒有適當的學校可進的。這是因爲英國本國人少，而殖民地多，所以非在各處就地取材，培養高級幫手，無法治理；日本則本國人多，而殖民地少，他們要包辦政治，獨佔經濟，如果當地知識分子太多，而一般民衆過於愚蠢，也不容易達到目的。英、日兩國對於殖民地的教育，採取相反的政策，都是根據他們本國人的利益，而設計的。

當時的中等教育，發軔於國語學校，該校計分三個部門，修業年限四年，第一部門國語部，施行普通教育；第二部門師範部，培養公學校的師資；第三部門實業部，有電信、鐵道、農業三科，培養下級技術人員。此外還有農事試驗場、工業講習所和糖業講習所等，都招收講習生，講習期限兩年至三年，可視實際情形，加以伸縮，用以養成各該業的低級從業人員。女子的中等教育機構，則發軔於國語學校附屬女學校的技藝科，該科的入學資格定爲公學校修業四年以上，在學三年，畢業後可充公學校的教員。此外還有一所臺灣總督府醫學校，招收公學校畢業生，修業年限預科一年，本科四年，畢業後可以開業行醫，爲當年本省人的最高學府。本省人的中等教育機關，就像上面所說的那樣，學校既少，程度又低，一般有識人士深抱不滿，到了民國元年（一九一一，日大正元年），祖國革命成功，本省人大受啓發，對於民族主義和民權主義，極爲憧憬，一反過去不敢言而敢怒的態度，於民國三年遂有文化運動的產生，以爭取應有的權利，初步的具體表現，先從教育機會平等的運動下手，着手募集捐款，要在臺中設立私立中學，由民間自己處理。臺灣總督府對於這次的運動，深感棘手，一方面用警察力量加以彈壓，一方面採取釜底抽薪的欺騙辦法，說要給本省人創辦一所中學，叫大家把捐得的款項，交由政府處理，遂於民國四年，在臺中成立一所公立臺中中學校，其實這所公立中學校的程度，還低於國語學校的國語部，因爲依照規定，兩校修業年限，都是四年，但國語學校的入學資格定爲公學校六年的畢業生，而公立臺中中學校則定爲公學校四年級的肄業生，可見程度是怎樣的低了。

臺灣青年因爲在本島得不到適當的教育，於是乎有辦法的人就採取留學日本的途徑，這種留學生越來越多，在第一次世界大戰結束時，已達五百六十四人，遂在東京發刊「臺灣青年」雜誌，主張政治上、經濟上、教育上應享的權利，宣傳民族自決的思想。臺灣總督府對於這股日趨洶湧的潮流，感到非加以一番順應不可，乃於民國八年一月頒布臺灣教育令，制定一套專用於本省人的教育制度。這個教育令計分總則、普通教育、實業教育、專門教育、師範教育和補則六章三十二條。依照這令的規定，普通教育以留意身體的發達，施行德育，授與普通的知識技能，涵養國民應具的性格，普及國語爲目的，施行普通教育的學校，分爲公學校、高等普通學校、和女子高等普通學校；修業年限公學校定爲六年，但因土地的情形，得加以縮短；高等普通學校四年，女子高等普通學校三年，入學資格都是公學校六年的畢業生。實業教育以授與有關農業、工業、商業、和其他有關實業的知識、技能，兼養成德性爲目的，實業學校修業年限定爲三年或四年，入學資格爲公學校六年的畢業生。專門教育以授與高等的學術、技能爲目的，兼留意於德性的涵養；專門學校修業年限定爲三年或四年，入學資格爲高等普通學校。師範教育特別致力於德性的涵養，以養成公學校的教員爲目的；師範學校設置豫科和本科，修業年限定爲豫科一年，本科四年，豫科的入學資格爲公學校六年的畢業生。

臺灣總督府頒布臺灣教育令時，曾經發出一道「諭告」，以闡明它的宗旨所在，其中有幾句說：「要之，臺灣的教育，在於觀察現時世界人文發達的程度，啓發島民順應的智能，涵養德性，普及國語，使之具備帝國臣民應有的資質和品性。」可見日本當局對於本省人所施的教育，無時不以普及他們的國語，培養順民爲目的。這次的教育令所訂定的系統，完全和日本人的教育機構，不相關聯，採取雙軌制，强化差別教育，不但要在教育水準上使本省人永遠趕不上日本人，就是畢業生所享受的資格，也和日本人大不相同。例如日本人的醫學專門學校畢業生所取得的醫師資格，是到處承認的，而本省人則只能在臺灣生效，一到日本內地，就不能行醫了。因爲這個緣故，臺灣人群起反對，總督府當局，也無法自圓其說，以致施行不到三年，只好於民國十一年二月，宣佈廢止，另行修訂，重新頒佈臺灣教育令。

這次重頒的臺灣教育令，除初等教育仍舊採取差別教育外，中等以上的學校，統合爲單軌制，大體上依照日本內地的制度，不再有所差別，完全施行共學。據當局的說明，初等教育所以不採取共學制的原因，是由於社會生活的關係，以及風俗、習慣、情感的不同，同時本省兒童的國語基礎過淺，無法共同施教，所以不能不跟日本兒童分校或分班，各別接受不同的教育。重頒的臺灣教育令計爲二十七條，所修改的主要的地方是：第二條：「常用國語者的教育，依據小學校令。」第三條：「對於不常用國語者所施初等教育的學校，爲公學校。」第六條：「關於公學校的設立、廢止、課程、編制、設備、及學費等，依照臺灣總督所定。」第八條：「高等普通教育依據中學校令、高等女學校令、和高等學校令。」第九條：「實業教育依據實業學校令。」第十條：「專門教育依據專門學校令，大學教育及其豫備教育依據大學令。」第十一條：「規定於第二條和前三條勅令中文部大臣的職務，由臺灣總督執行。……」第十二條：「施行師範教育的學校，爲師範學校。師範學校特別致力於德性的涵養，以養成小學校教員和公學校教員爲目的。」第十三條：「師範學校置小學師範部和公學師範部。……小學師範部教育志願爲小學校教員者，公學師範部教育志願爲公學校教員者。」這個教育令實施以後，中等以上學校完全共學，撤去差別，表面上一視同仁，其實本省人上進的機會，比以前更少，因爲公學校的程度遠低於小學校，在升學考試時，無法競爭，一定極難及格，證明出這番「德政」，完全是個騙局，因此一直到了民國三十四年日本投降爲止，本省人能在臺灣接受高等教育的數目，非常有限。由此可見，帝國主義者對於殖民地住民的剝削，是無所不至的，連知識也不能例外。

六

民國三十四年（一九四五，日昭和二十年）八月十五日日本投降，臺灣復歸我國版圖，教育部門接收人員於接收後，遵循三民主義教育的方針，根據中央政府頒布的教育法令，積極加以改革，各級教育的精神和形態，完全改觀，使本省同胞得以接受祖國文化的教育，對於國家民族，獲得一番新的認識。民國三十四年九月二十日國民政府公布臺灣省行政長官公署組織條例，規定公署下設九處，行政長官綜理全省政務，有關全省教育事項，則由教育處長主管，各地方的教育，則分由各縣市政府的教育科長主管。十一月一日起，開始接收，進行頗爲順利。當時所最注力的，爲調整學校制度，擴充學校數量，充實教育內容，推行國語教育，培養優良師資等工作。國民學校廢止日據時期第一、二、三號表的差別，統一於部定課程標準，修業年限六年。廢止日據時期的中學校、高等女學校、高等學校的制度，依照我國中學法的規定，一律改稱中學，修業六年，初級三年，高級三年。其他如職業教育、師範教育、高等教育等，也全部依照我國教育法令，予以改組。民國三十六年五月十六日，臺灣省級行政機構宣布改組，撤銷臺灣省行政長官公署，成立臺灣省政府，教育處也因此改爲教育廳，仍舊主管全省教育。民國五十六年臺北市升格爲院轄市，乃把該市的教育，劃給臺北市教育局主管。

民國三十八年中央政府撤離大陸，播遷臺灣，教育部就在這裏發號施令，督導教育事業的發展。根據統計，民國五十八年全省各級學校的數目，達到三千九百二十六所，專任教員十一萬一千六百七十人，學生三百八十萬九千九百三十人（不到四個人，就有一個學生），國民教育的年限，也從民國五十七年學年度起，由六年延長爲九年了。至於各級教育所需的經費，在我國憲法中，對於教育、科學、文化的經費在各級政府總預算中應佔最低的比率，分別有明確的規定，唯自政府遷臺以來，除中央財政因側重國防經費的支應，在眼前還未能符合規定外，至於省、市、縣、市各級地方政府，無不超過憲法所定的最低標準，可見我們對於民族幼苗的培植，是怎樣地不惜工本。因爲這樣，臺灣的教育自中央政府遷臺以來，從小學到大學，不但數量上，增加了百分之一百五十四，而且品質上也大大提高，除了各級學校的內容，日趨充實以外，而且在有規模的大學之中，設立了好些研究所，以培養碩士、博士等高級人材，由此可以推知，臺灣教育的前

途，是非常燦爛光輝的

（六十、十，「中原文化與臺灣」）

遺囑

我糊糊塗塗到世間來，卻想清清楚楚回天國去，因此趁著無災無病，精神清醒的時候，預先分條立下這張遺囑，好使所有關係者，對於我的後事的料理，有所依據，不致因爲我的死亡，而受到困擾。

一、對於國家大事

我一生從事教育，沒有在政界抓過一天印把，自然沒有握過一天權柄，對於國家大事，原可以任由廊廟上袞袞諸公去負責，用不着我來「狗拿耗子」，「螞蟻拜天公」，「臨死放臭屁」。不過古人有言：「國家興亡，匹夫有責」，況且前年年底，臺北市八萬多位市民選我爲立法委員，要我去做他們的代議士，因此雖無官守，却有言責，自然不容我偷懶緘默，只好從原則上閑話幾句，來供各界參考了。我現在雖然不是中國國民黨的黨員，但是自從民國十三年在北平偷偷讀過第一版的三民主義以來，一直成爲三民主義的忠實信徒，也一直是三民主義的權化　蔣總統的擁護者，所以　蔣總統的嘉言懿行，也深深印在我的腦子裏面。　蔣總統曾經昭示我們，解決問題，應該「七分政治，三分軍事」，這是萬古不變的眞理。如果軍事至上，爲甚麼花費了那麼多的金錢，犧牲了那麼多的人命，搞下來的第一、二次世界大戰，和韓戰、越戰、以及阿以之戰、印巴之戰，不但沒有把問題解決，反而給這個世界，製造出更多的問題，要讓政治去替它擦屁股呢？所以　蔣總統認爲政治的重要性，遠過於軍事，絕對正確。二十多年來，我們對於軍事的整頓，表現出輝煌的成就，此後對於政治的革新，應該痛下一些苦工夫，纔能完成我們的使命。蔣總統又曾經昭示過我們：「極權必滅，暴政必亡」，也是萬古不變的眞理。消滅極權，必靠民主；肅清暴政，須賴自由。我們應該努力去推行民主自由的善政，自然可以使極權的暴政趨於滅亡了。要怎麼樣去推行民主自由的善政呢？我以爲只要遵循三民主義的路徑，輔以孔子所提倡的忠、恕、誠三個字去努力就够了。忠恕兩字，據論語邢疏說：『忠、謂盡中心也；恕、謂忖己度物也。』就是盡自己的心力去辦事，同時要設身處地爲有關的機構或個人去着想，不要死抱本位主義。誠字據中庸章句的解釋：『誠者，眞實無妄之謂。』就是是是非非，老老實實，不瞞上騙下，不自欺欺人的意思。如果從事公職的人們，能够遵照 蔣總統「莊敬自强」「盡其在我」的指示，本着孔子忠、恕、誠的遺教，去奉行 國父的三民主義，那麼天下事就沒有不可爲的了。

二、對於自己的疾病

我患有多年的高血壓症，動脈也日趨硬化，很有可能步立法院同仁楊覺天和廖競存的後塵，忽然來了一陣心臟痲痺或腦子出血，就此無疾而終。上帝如果賜予這種方式的寵召，使我如願以償，我是樂於隨傳隨到，沒有話說的。反之，如果得的是一種可以依靠藥力或機器，在病床中苟延殘喘的絕症，我請求主治醫師，給我施行「安死術」(Euthanasie)，使我能够舒舒服服回天國去，不再在世上活受罪，累人累己，白費物力。三百多年前英國哲人培根就在他的隨筆中主張過：『處理一般不治的疾病，可用安死術。恢復健康，免除痛苦，固然是醫生的職務，不過領導病人，平平安安走到美麗的死亡的路上，使他免掉苦惱，也一樣是醫生的職務。』近代德國大學者赫克爾 (E. H. Haeckel) 也在他的名著「生命的不可思議」中說：『世間多的是罹患一種完全沒有治好的絕症的病人。這種病人，不但自己痛苦，親族憂愁，而且爲他而消耗的私財和公帑，也相當重大。這種不幸的病人，如果給他一服嗎啡，使他痛痛快快結束生命，那麼，病人既可以免去長久的苦惱，而國家社會也可以不再負擔無益的巨費，豈非一舉而兩得？如果大家爲淺薄的慈愛精神所拘束，要努力去維持這種難以維持的生命，我認為不但不合眞實的道德，反而要陷於不道德、無慈悲了。」

上述兩位大思想家的建議，現代的我們是應該接受的。一個活生生的人，如果受到病魔的困擾，纏綿床褥。求生不得，求死不能，那份痛苦，實在難堪。經鉏堂雜誌曾經說過：「人在病中，百念灰冷，雖有富貴，欲享不可，反羡貧賤之健者。」隨園詩話也介紹過一句名句說：「久病方知犬亦仙。」由於這個緣故，所以報上時常有因病自殺的社會新聞，在讀者眼前出現，上月間中國時報就登載過一個五十四歲的于忠訓，因氣喘多年，屢治不癒，遂在羅斯福路一家旅館中，留下遺書三封，服毒自殺。據日本政府一九七〇年版的「厚生白皮書」所分析，六十五歲以上自殺者的直接原因，最多的是由於病苦，佔了百分之四十二，次多的是孤獨、厭世，佔了百分之二十一，其他各種原因，所佔比率，都是很小，可見病苦是多麼困擾人了。

安死術在希臘、羅馬時代，早已有人採用，據說希臘哲人伊璧鳩魯和羅馬皇帝奧古斯都，都用過它去解除病苦。到了二千年前醫聖希波革拉第出來反對，認為醫生只能幫助病人延長生命，不能用安死術去叫病人早死，於是乎這個方法就不時興了。可是到了一五一六年妥瑪斯・謨耳著作「烏托邦」，認為安死術是解除病人苦惱的不二法門，極力主張使它合法化，因此又引起各方面的認眞討論了。安死術的法案，雖然在英國議會提出過兩次，都被上院所否決，可是擁護它的人，却於一九三二年成立安死術協會，大力宣傳，很收效果。一九三七年瑞士就制定法律，允許醫師可以應病人的要求，供給安死藥品，其條件為：㈠無法避免死亡，㈡痛苦劇烈，難以忍耐，㈢病人本身，懇切哀求。據說瑞士醫師大都是給與病人兩禮拜份的痲藥，由病人自己去下決心使用。自此以後，對於安死術的見解，逐漸明朗，連最保守的天主教教宗也認為可行了。

一九五七年奧國因士布魯克大學的海德醫師曾經向教宗庇護十二世請示：「如果遇到嚴重昏迷不醒的病人，經過專科醫師診斷，認為絕沒有復蘇的希望，那麼，醫師是否非繼續使用人工呼吸器不可？」教宗回答他：「沒有這個義務。」同時宣示：「如果挽救生命的全力已盡，而病人依然無可救藥的時候，就不要再讓病人苟延殘喘。」他又補充說：「最後的決定權，操之於病人家屬。」今年七月十九日美國「時代」週刊的法律欄，登載一則題名「免於痛苦的權利」的消息說：今年七十二歲的老婦人馬丁尼，因為得了「敗血性貧血病」，住進佛羅里達州海里市一家醫院裏治療，醫生用來維持她的生命的方法，是在她的血管上開一個口，把鮮血連續輸進她的血管裏去。這樣過了兩個月，馬老太太痛苦不堪，希望趕快死掉。她對主治醫師羅伯玆說：「請不要叫我繼續受這個苦刑吧。」一般的醫師遇到這種情形，總是不聲不響停止治療，以免延長垂死的病人的痛苦。但是羅伯玆醫師一方面怕病人的家屬告他「教唆和幫助自殺」，另一方面又怕他們告他「違反病人的意志，勉强治療，加重她的痛苦」，他左右為難，只好申請法院裁定了。主辦的法官包特推事，因爲法律反對自殺，而馬老太太的治療跟她的病症一樣痛苦難忍，他怎樣也找不出這樣情形的判例可以依據，只好說：「我不能決定她的生死，那要看上帝的意志。不過一個人應該有權不忍受痛苦。」於是乎繞了一個圈子裁決：「不得勉強馬丁尼接受任何使她感到痛苦的治療。」第二天輸血停止了，而馬老太太也終於獲得了她所尋求的和平的死亡了。

我說了這許多話，目的在於表示對於無法治療的病人，世間已經漸漸認爲不必勉强去延長他的生命，讓他早早擺脫痛苦，纔是辦法。記得東京帝大入澤達吉教授的伽羅山莊隨筆中，說到他主管的病房，有一個病人，病既不好，人也不死，一直繼續住院二十五年，破了世界的紀錄。在他好像是當作一段美談來追憶，在我却認爲這個做法，必定製造「久病無孝子」，乃是一樁罪惡。我如果得了治不好的病症，我懇求主治醫師給我施行安死術，或消極不予治療，讓我早歸天國。

三、對於我的屍體

我臨死時如有可以移植的器官，願意全部獻給需要者；死後屍體交付臺大醫學院去解剖，以供教學、研究之用。因爲臺大不但是我二十多年來的衣食父母，而且有病的時候，都一直在臺大附設醫院就醫，就是後來公保成立門診部，只要可能，也是找臺大派去的醫師診治，他們對我的病歷最爲清楚，記錄資料也比較豐富，所以交給他們去解剖，作用較大。解剖後交付火焚，骨灰如不會汚染環境，可以撒在傅園做肥料，再不然，追隨吳稚暉先生拋入海中也好，不過不要裝匣，散裝最妙。絕對不必供在醫學院後面的東和寺去佔用一角空間，更不要造墓，造墓是損人不利己的措施。前些日子聽到一位地政官員說：臺灣每年要費二百多甲地，去供死人佔用，眞是無聊之至。浪費了許多人力物力造出來的墳墓，結果只是供人挖掘而已，古代像商朝帝王的陵寢，近代如清代后妃的墳墓，都成爲考古家或盜寶賊挖掘的目標；就是不被挖掘，過了幾代，子孫也都忘掉，成爲無主孤墳了。宋相賈似道有一首絕句說：「寒食家家插柳枝，留春春亦不多時。人生有酒須當醉，青塚兒孫幾個知？」漢代詩人就興過「古墓犂爲田，松柏摧爲薪」的嘆息，清代范德機更認爲不但外人要把它刨掉，就是自己的子孫也靠不住，所以在他那首掘塚歌有兩句說：「子孫綿綿如不絕，曾孫不掘玄孫掘。」在這個活人日增而地不加大的時代，墳墓太多，是會時常引起人鬼爭地的糾紛的。最近臺南湯盤淺有一塊廢塚，政府要把它清理，改建國民學校，就有議員爲鬼說話，多方阻撓。爲釜底抽薪起見，我絕對反對造墳，骨灰付之流水，不留痕跡，稚暉先生以後，「請自隗始」。

四、對於身外的事情

我一生從事文教工作，一直過着清寒的生活，旣不去蠅營狗苟，自然沒有巧取豪奪的機會，不能留下遺產，讓子女去繼承，乃是自明的道理，大家應該沒有話說。幸而我的一子一女，早已婚嫁，各能自食其力，用不着我操心，現在惟一使我不能放心的，是跟我同艱共苦了五十年的老妻關國藩的安排。本來一個喪偶的老人，由子女負責扶養，在咱們中國，原是天經地義，不成問題，可是自從西風東漸以後，「代距」的鴻溝越來越深，融洽不易，市公車處的「保持距離，以策安全」的標語，十分有理，所以我認爲我死了後，我妻最好自立門戶，偶爾到子女兩家去做做客，比較有趣；好在政府定有德政：公務人員死了以後，他的配偶可以繼續居住公家宿舍；住的問題不必發愁，僅剩了吃穿兩件事，就好辦多了。

我現在手上有臺大退休金十七萬七千二百元，長期放在臺銀儲蓄部優惠存款，此外還有味全股票約兩三萬元，死了以後，臺灣人壽有儲蓄保險金三萬元，立法院和國語日報社兩個服務機構的撫恤金以及親友的賻儀，大約也有三四十萬元，現在所有和未來可能有的款項，合計約有五六十萬元，所有這些金錢，或想不到的進款，全歸我妻做養老金；俗語說：「父有，子有，不如丈夫有；丈夫有還要過一道手」，又說：「人是英雄錢的膽」，這些話就是我這樣安排的根據。我妻的錢，可以悉數拜托黃烈火先生和陳瀾女士夫婦代爲經管生息，他們夫婦跟我家有數十年的交情，一定能够善爲經營，每月的生息，當會使我妻可以獲得「不虞匱乏的自由」。小如和鐵生蓬年過節或收入較好的時候，再多少酌量供奉，使她不致感到淒涼，那我就可以放心在天上等候她了。

北平手帕胡同二號有一所洪槱名義的小房，房地契我妻都帶到臺灣來了，將來收復大陸，政府如有規定可以發還，自應依法處理。鹿港祖遺的舊屋，後面是我庶母楊太夫人所有，她有權自己處分，前面舖面房，開馬路後所剩極小，是我弟遙孚和我的共業，我用的是日據時期戶籍上的姓名洪棪楸，將來可由我姪國華承繼，因爲姓名有問題，將來手續一定非常麻煩，如果需要小如和鐵生蓋印，應該無條件蓋給他。因爲遙孚失業很久，只靠這幾百元房租以維持生活。而國華初出社會，自顧不暇，現在也沒有力量負擔扶養的義務，這一點點祖遺的產業，小如和鐵生是不會看在眼裏的。我所想到而希望家屬遵辦的，只此而已。萬一如有想不到的、需要解決的問題，可由我妻商詢小如和鐵生解決。

這個遺囑是我的「治命」，絕非「亂命」，極盼關涉的人們，一定按照我的意志辦理。我指定夏承楹先生爲我的遺囑執行人，因爲朋友之中，他最有魄力能夠執行我的這些願望，希望各位親友協助他達成這個使命，是所至囑。

（六〇、一二、一〇，「國語日報」）

〔附錄〕一、洪炎秋先生遺囑中的法律問題

楊與齡

洪先生在本月十日和十一日國語日報上公開發表了他的「遺囑」。在法律上說，遺囑是因行爲人死亡而發生效力的單獨行爲和要式行爲。依民法第一一八九條規定，遺囑有自書、公證、密封、代筆、口授五種方式。遺囑如未依照法定的方式，不生效力。洪先生的遺囑，應當屬於自書遺囑。依民法第一一九〇條規定，『自書遺囑者，應自書遺囑全文，記明年月日，並親自簽名。如有增減、塗改，應注明增減塗改之處所及字數，另行簽名。』洪先生遺囑的原本，應當已經具備這些要件。現在，再就遺囑的四大部分內容，分別說明其法律的問題。

一、對於國家大事

洪先生本古人「國家興亡，匹夫有責」的明訓，希望國人「能够遵照　蔣總統『莊敬自强』及『盡其在我』的指示，本着孔子忠、恕、誠的遺教，去奉行　國父的三民主義，那麼，天下事就沒有不可爲的了。」這是他以一個不是中國國民黨黨員的學人身分，盡其「立言」的責任，指示我們復國建國應循的途徑，在法律上沒有問題。假定洪先生眞的作古，大家應該對他的愛國精神，給予最高的崇敬，並力行實踐，勿負所囑。

二、對於自己的疾病

洪先生爲了避免親友辛勞，他說：「我如果得了治不好的病症，我懇求醫師給我施行安死術，或消極不予治療，讓我早歸天國。」但是，病人請求醫師實施安死術（Euthanasie），是生前的行爲，洪先生提出許多合法的理由，雖然值得重視。不過，醫師施行安死術，足以縮短他人的自然生命，不能免於法律的制裁，乃各國學者及法院實務上的大多數見解（見韓忠謨教授著刑法各論二五二頁）。我國刑法第二七五條第一項規定：「教唆或帮助他人使之自殺，或受其囑託或得其承諾而殺之者，處一年以上七年以下有期徒刑。」主治醫師如果爲洪先生施行安死術，不免要受此一刑罰的制裁（參考梁恆昌先生著刑法各論三一四頁）。其次，主治醫師如果消極的不予洪先生治療，有違醫師執行業務的道德和義務。而且，這種消極行爲，足以使人縮短自然生命，乃醫生所明知，仍難免除刑法第二七五條之帮助自殺或受其囑託而殺之的刑事責任。

三、對於我的屍體

洪先生要把他的遺體可以移植的器官捐獻給需要者，並將遺體交付臺大醫學院解剖，以供教學研究。在法律上是生前對遺體的處分行爲，並不違背公共秩序和善良風俗，對於病患和學術研究，都有好處，是一種合法的行爲。至於將「骨灰撒在傅園做肥料」部分，就算不會汚染空氣環境，和善良風俗，我相信洪先生的遺族不會觸犯刑法第二四七條第二項規定之損壞、遺棄遺骨或火葬之遺灰罪，去執行這「遺命」。

四、對於身外的事情

洪先生一生從事文教工作，却有現金新臺幣二十餘萬元的遺產和三萬元的股票，超過鑛業鉅子李某的遺產淨値數倍，我想洪先生足以自慰了。洪先生要把這部分財產歸諸洪夫人取得，並將鹿港祖遺房屋共有權交由姪子國華承繼，在法律上頗有問題。因爲，民法第一二二三條規定，直系血親卑親屬及配偶之特留分均爲其應繼分二分之一。第一一八七條規定，遺囑人須於不違反關於特留分規定之範圍內，始得以遺囑自由處分遺產。其次，撫卹金依法是給與遺族，賻儀則爲親友對死者家屬的一種贈與，均非死者的財產，不能以遺囑加以處分。因此，洪先生要將前開現金、股票及撫卹金、賻儀均歸洪夫人的遺命，只能期待他的公子和小姐的「孝心」來實現了。

洪先生這篇大作，文情並茂，品格尤高。可是，似乎着重人生責任的移交，而沒有考慮法律上的問題。本文予以提出，是欲貫徹洪先生實踐社會教育的主張，並非藉機挑剔。我相信洪先生也不會認爲本文對他有不敬之處。希望讀者了解。

（六十年十二月十五日「國語日報」）

二、哭着來笑着去

讀洪炎秋先生「遺囑」有感

夏　門

本月十、十一連著兩天，國語日報刊登立法委員洪炎秋的「遺囑」一文，讀來極有感觸。幾千年以來，我們中國人的觀念中對「衰老」及「死亡」似是特別忌諱，因此許多方面的表現也就不近人情。諸如遇見殯葬卽認爲是觸霉頭：「死」、「終」字的諧音遭池魚之殃，而致送禮時不可送「鐘」，四和十的數字用時有許多避諱等等；充分表示了我們迷信而腐朽的觀念根深蒂固。從這些觀念所導致的如不肯捐贈屍體（使醫學院學生常常找不到屍體解剖），臨死前不願捐贈有用器官救助他人，沒興趣參加保險（多不吉利），絕不預立預囑（還早呢，我死不了）等等，在今日進步的社會中都可算是欠開通的想法。這種想法當然一時難以修正。因此，聲望極高，許多表現都讓我們覺得相當可愛（如寫信勸楊金虎不妨娶陳彩鳳一事卽非一般迂人能做到者）的洪炎秋先生，在報上預立預囑，且又娓娓道來眞是醍醐灌頂的一件事。

洪先生的遺囑簡述如下：

一、對於國家大事

以爲宜「莊敬自強」、「盡其在我」並本着忠、恕、誠三字奉行國父的三民主義。

二、對於自己的疾病

如果身罹一種需依靠醫藥或機器在病床上苟延殘喘的絕症，則請求醫師施以「安死術」（或消極不予治療）俾免累人累己，白花醫藥費；最好能早獲解脫。

三、對於屍體

有可移植的器官願全部獻給需要者，屍體則交付臺大醫學院解剖。骨灰或撒在臺大的傅園做肥料，或拋入海中，絕不要置於寺廟佔一角空間，更不要造墓。

希望妻子最好自立門戶，偶爾到子女家做客等等。

這樣的遺囑的確乎實誠懇而脫俗，可與美國總統艾森豪所說：「我永遠愛我的妻子，我永遠愛我的子女，我永遠愛我的孫兒女，我永遠愛我的國家」相互輝映媲美。

在這篇文情均誠摯的「遺囑」中，我們可以察覺到洪炎秋先生許多逆俗而開風氣之先的苦心。

四、對於身外之事

關於使病人痛若地苟延殘喘或讓他早日解脫，迄今仍是醫學、法律乃至宗教上極分歧的問題。電視「紀爾德醫生」影集卽曾有過一次以此生死之問爲題材的一齣戲，片中女主角的丈夫罹一怪疾，臥病床榻而毫無知覺，每日只靠一種針藥維持最起碼的「呼吸」而已，至於有無神智復明的一日，連醫生也沒有答案。這樣的一個病人當然使全家人陷進淒苦絕望而又黑暗的日子中。在此種情形下，病人的弟弟爲讓嫂嫂及姪兒恢復正常的生活，乃在一晚棄維持呼吸的針藥不用，使哥哥平靜去世，影片的結局是這個弟弟被帶上法庭，因爲醫生認爲他非上帝，無權使人早死。法庭如何宣判，影集中沒有交代，正表示此問題之令人困惑。洪炎秋先生贊成生者沒有理由勉强延長病人「生不如死」的性命，這應是勇者之言，接受與否當然是見仁見智。筆者則寧取「安死早歸天國」的說法，至少對病人，對病人的家屬來說，這都會是一大解脫。

捐出可以移植的器官及屍體供解剖用，仍是有待該大力倡導的觀念，此觀念不能推展至一般人的腦海裏，我們的醫學永遠無法進步到一流水準，而撒骨灰於傳園或海中又是何等瀟洒的態度，洪炎秋先生說：「稚暉先生以後『請自隗始』」，眞是快人快語令人聞之生敬，

最後洪先生殷殷關愛妻子，讓她安養天年而有「不虞匱乏之自由」，情意之眞摯可羨可慕，而遺囑中盼她自立門戶，以免和子女有「代溝」而不易融洽，觀念何等開通；對子女只要求「蓬年過節或收入較好的時候，再多少酌量供奉，使她不致感到凄涼」，慈父慈訓，子女又何能一日或忘？

人有生卽有死，長生不老之說荒誕不經。我們無知而又哭着出生；那麼，爲什麼不有知、安詳又笑著離開人間呢？

（六十年十二月十五日「臺灣時報」）

遺囑的修正

中國人做事，最講究的是情、理、法三者都能顧到。我生長於儒學家庭，孟子的「徒法不能以自行」的觀念，深印腦中，因此平生言行，特別偏重於情和理，却時常忽略了法的考慮；此次書寫遺囑，因而產生出一些於法不合的毛病來。幸經立法院的吳延環委員和司法行政部的楊與齡先生的指教，纔發現有修正的必要。吳延環兄指責我說：「你是立法委員，不應該不在法律上下工夫。」楊與齡先生更是不惜勞神，寫出一篇煌煌大文，引經據典，將不合的地方，一一指出，使我得據以修正，十分可感。

楊先生指示我的，可以分爲民法和刑法兩部分；民法部分比較單純，容易解決，刑法部分則牽涉太多，需要特別研究，所以先就民法問題談它一下。楊先生的指示說：「民法第一二二三條規定，直系血親卑親屬及配偶之特留分，均爲其應繼分二分之一。第一一八七條規定，遺囑人須於特留分規定之範圍內，始得以遺囑自由處分遺產。其次，撫恤金依法是給與遺族，賻儀則爲親友對死者家屬的一種贈與，均非死者的財產，不能以遺囑加以處分。因此，洪先生要將前開現金、股票及撫恤金、賻儀均歸洪夫人的遺命，只能期待他的公子和小姐的「孝心」來實現了。』據楊先生的指示，我的遺命，雖然於「法」無據，却可以期待我的子女用「情」來補救，使它合「理」。我家儒學家風，素有孝、慈、友、愛的傳統，我相信我的家屬不但會同意我的這個安排，就連我想要把鹿港祖遺的我分額中的房地產，讓我姪兒國華去承繼，也會體會我的用意，遵循法律的途徑，達成目的。所以這些民法上的糾纏，可以說是不成問題的問題，容易解決，麻煩的還在於有關刑法的那一部分。

楊先生說，醫生爲病人施行安死術，或消極不予治療，是幫助他人使之自殺，違犯了我國刑法第二七五條第一項規定，要受一年以上七年以下有期徒刑的制裁；其次，「將骨灰撒在傅園做肥料」，是遺棄火葬之遺灰的行爲，違犯了刑法第二百四十七條第二項規定，可處五年以下有期徒刑；又依照刑法第二百五十條規定「對於直系血親尊親屬犯第二百四十七條之罪者，加重其刑至二分之一。」所以這些遺命是難以執行的。是的，對於在痛苦中掙扎，或對環境已經不能反應的病人，應否施行安死術，以結束其生命，還在爭論紛紜之中，不過我個人確信，醫藥發達到今天這個地步，我們應該重新制訂法律，來幫助人們根據科學和良知，去決定誰可以活，誰應該死，免得家屬、醫生和法官，感到困擾。

上月二十二日的聯合報，載有一則美聯社哥本哈根二十日電說：「以醫院牀單勒死母親，免其再受不治之症的痛苦的兩個弟兄，今天被判緩刑三個月。原先指控兩個弟兄謀殺的檢察官，在證實五十四歲的母親曾經不斷要求兩名現年二十餘歲在大學念書的兒子，結束她的痛苦後，支持他們的答辯理由，他們辯稱是爲了憐憫，纔勒死母親。兩個弟兄因爲讓母親服食大量鎭靜劑，仍未能使她死去，乃決定勒死她。年輕的弟弟說：『你不應該單獨擔承此事。』然後兩個弟兄將被單繞在他們母親的頸上，兩人各拉一端，直到她死去。」

這兩個弟兄勒死不堪病苦的母親的案子，幸而發生在丹麥，所以能够獲得判處輕刑，而又受到緩刑三個月的處分；假使發生在咱們中國，就不能那麼便宜了。因爲我國刑法第二百七十二條規定：「殺直系血親尊親屬者，處死刑或無期徒刑。」這兩個弟兄殺死的是母親，最少是犯了無期徒刑的罪刑，雖然依照該法第五十九條規定：「犯罪之情狀可憫恕者，得酌量減輕其刑。」不過依照該法第六十五條規定「無期徒刑減輕者，爲七年以上有期徒刑。」所以這兩個弟兄的行爲，在丹麥可以判處輕刑又受三個月的緩刑，如果在咱們中國，至少要吃七年以上的官司。三個月的緩刑和七年以上的有期徒刑的相差，是不可以道里計的，所以咱們在今天，應該制訂「施行安死術條例」和「移植器官條例」諸如此類的法律，來配合十分發達的醫藥科學和跟着而來的新的道德觀念，使大家有所遵循，免生糾葛。楊先生又指示說，醫生如果消極不予病人治療，足以縮短人的自然生命，仍難免除刑法第二七五條之幫助自殺或受其委託而殺之的刑事責任。對這一點，我却認爲値得斟酌。近年醫藥的發達，突飛猛進，可以使早就應該死亡的病人，靠器械的幫助，或由給養管給予養料，還可以使他在度日如年的痛苦中，或在無知無覺、渾渾噩噩的狀態之下，繼續活上若干年。大家想想看，這樣的生命，還有甚麼維持的價値呢？難怪三年前報載英國伊斯丹特本市的一個名叫維克賴的衞生官，看到市內所有的醫院，住滿了老人，致使年輕的病人，沒有住院的機會，建議以八十歲爲住院年齡的限度，過此不收，對於重病的病人，不必用醫藥來使他苟延殘喘。這個主張，頗受重視。我在遺囑中已經說過，天主教最高權威的庇護十二世教宗，在一九五七年曾經昭示海德醫師說：「如果挽救生命的全力已盡，而病人依然無法救治的時候，就不要再讓病人苟延殘喘。」最近美國包特推事也下了一個裁判說：「一個人應該有權不忍受痛苦，不得勉强病人接受使他感到痛苦的治療。」可見外國的醫生、宗教家和法官都已經承認不去延長沒有意義的生命，不是甚麼罪惡了。不說外國，就在咱們中國，抱着同樣見解的人，恐怕也不在少數。

記得三年前內人因病住進臺大醫院，碰巧跟最高法院陳樸生院長的先夫人同在一個病房。那時候陳夫人已經完全失掉知覺，處處都要依靠特別護士替她照料，同時注射高貴藥品來維持她那有氣無力的呼吸。據特別護士說，她得的是一種絕症，病了很久，住過好多醫院，最近因為陳院長把數十年來著書教課所攢積的儲蓄，都已經為她用光，只好從一家「觀光醫院」搬到這裏的公保病房來住。內人知道這個情形，又看到陳院長每天都要拖着疲憊的身體，到醫院來探視一兩次，十分同情，就向陳院長提議說：「我看嫂夫人病得這麼重，看這狀態，任是神仙也不能讓她起死回生了，不如停止注射，由她早歸天國，豈不少受些罪？」陳院長並不說這樣是犯法，却說：「她一天不斷氣，我還有見她一面的機會；如果斷了氣以後，就連見面的機會也沒有了。」可見這位法學權威這樣做，為的是情，而不一定是法了。因此我覺得不勉強去延長一條不值得延長的生命，不該看作犯罪，不知道咱們的醫師和法官，有勇氣承認沒有？如果沒有，我也不敢要求人家去「犯罪」了。

最後一個問題，是楊先生指出的「將骨灰撒在傅園做肥料」，犯了刑法第二四七條第二項遺棄火葬之遺灰罪，却沒有提到「追隨吳稚暉先生抛入海中」，是否也要負起該條該項的刑責；這點也值得研究。孟子問過齊宣王：「殺人以梃與刃，有以異乎？」齊宣王答說：「無以異也。」因為手段雖然不同，殺人却是一樣，所以說它「無以異也」。同樣的道理，「撒在傅園」和「抛入海中」，手段雖然不同，遺棄却是一樣，自然也是「無以異也」的，因此我覺得還是避免為佳。這雖然有吳稚暉先生可作護符，却是靠不住的冒險，因爲「法律之前，人人平等」的標語，雖然喊了幾十年了，可是實際上還是敵不過「只許州官放火，不准百姓點燈」的幾千年的傳統勢力。爲免掉執行上感到棘手起見，我現在把它修改爲「用易爛的紙盒裝好，呈准大學當局，把它埋在傅園土中，讓它入土爲安，不做任何標誌」，那麽，這樣修正，執行的人既可免去刑責，而我的心願仍然可以達到。記得龔定盦曾經說過：「落紅不是無情物，化作春泥更護花。」就拿這兩句詩來結束我的遺囑。

（六一年一月五日「國語日報」）

〔編者按〕洪先生的遺囑原文刊於去年十二月十日及十一日本版，楊先生的文章刊於同年十二月十五日。

婆媳對話

倫理和民主、科學並列，被視爲中華文化三大要素之一，不但中、小教育應該重視，就連大學法中，也非明文標榜，加以强調不可；這可以在這次立法院教育、法制兩委員會審議該法時所引起的激論，表現出來。不過倫理教育在咱們中國雖然講了三千多年，本人卻覺得仍然不够完善，應該加以補强。因爲咱們的倫理教育，只注重父子、君臣、夫婦、兄弟、朋友五倫而已，卻忽略了在人生關係中最複雜、最微妙的婆媳一倫，以致婦姑勃谿的糾紛，幾千年來不但一直不斷在咱們中國發生，而且禍延接受中華文化的隣邦，使他們也深受困擾。去年年末出席在舊金山召開的世界中文報業協會，順便彎到日本考察兩週，就在朝日新聞「身上相談」（似可譯爲「私事問答」）欄上，看到一則題名「老來從子」的問答，知道今天的日本，也還有人爲着婦姑勃谿而感到頭痛，深深覺得對於這個問題，必須用心研究。現在趁著「各說各話」的編者打電話來要「請君入甕」，叫我「作法自斃」，給該欄寫一篇文章的機會，把它翻譯出來，以供大家參考。

朝日新聞「身上相談」這一欄，請了一位心理學家宮城音彌和一位精神科醫師宮城二三子共同執筆，負責替讀者解答問題。十一月廿三日有個署名N子的讀者，給該欄去了一封信說：「三年前爲長男娶了一個畢業於東京的大學而在一家證券公司做事的媳婦。當時我覺得這個媳婦長得很可愛，十分中意，那兒知道她的個性非常倔强，常常叱罵丈夫，找他痲煩，不是說他鞋沒有刷好，就是說他洋服滿是汚點，對於當婆婆的我，更是囉嗦不堪。吃飯的時候，總愛嫌這嫌那，說麼鹹性食物和酸性食物沒有調配好。有時候我正坐下來想抽一枝烟，她馬上拍啦拍啦掃起房屋，或者擰開洗衣機，讓它大響特響。我要是無精打彩，她就說：『到哪兒去散散步吧。』把我驅逐出去。我那一個男孫子，她一次也不讓我去抱。無論給他沖奶粉，或者逗逗他玩，總不中她的意。光是育兒的書籍就買了一大堆，而我兒子的洋服，只有春、夏、秋各一套。看到這個沒有出息的兒子這樣忍受媳婦的氣，心裏實在難受。晚上八點起一個鐘頭，是她的音樂欣賞時間，她可以打開立體音響收音機，卻不准我和兒子看電視，如果有一點雜音，就會惹得她暴跳如雷。這個媳婦把我攪得快要得病了。想要離開另住，卻又無家可歸。您說怎麼好呢？」

編者這樣回答她：「看到您的信，頭一樁使我們注意的，是您沒有說到令郎的心情。您覺得令郎這樣忍受令媳的窩囊氣，十分可憐，可是他本人是不是也感到這樣呢？一樣米養百樣人，人的性格是各式各樣的，有種男人對於這樣的女人，反而特別喜歡。您的信裏，也沒有提到您的丈夫和您令長郎以外有沒有別的兒子這兩樁事情。也許您的先生已經不在了，而令長郎以外，也沒有別的兒子吧？最好，您把令郎完全任由令媳去照料，不必多操閑心。因爲二十五年來，大家都在不同的環境生活，令媳的習慣和看法，自然跟您大不相同，又加上了一個『代距』介在其間。老來只得從子罷了。其次，您喜歡抱抱孫子，這種心情我們是十分了解的，不過這也是以稍爲忍耐爲佳・在以前，婆婆必須指導媳婦育兒的方法，現在這種知識可以由書籍和電台獲得了。話雖如此，您卻絲毫沒有壓抑自己的趣味和欲望的必要。年輕的人既然要欣賞立體音響的音樂，您當然也一樣可以有欣賞電視的權利。大家好好說一說，我想令媳總會理解的；再不然，您使用耳機，不是也一樣能够欣賞電視嗎？總而言之，別居既然不可能，我們奉勸您，還是自己設法去追求生活的樂趣吧。」

「身上相談」擔當解答的兩位宮城先生對於N子老太太所提的建議，雖然不失爲一個有效的辦法，不過他們一味勸說N子老太太隱忍遷就，委曲求全，卻有商量的餘地。在咱們東洋聖經禮記內則曾經有過規定：「婦事舅姑，如事父母」，所以婆婆是有她固有的尊嚴和權威，要叫她一面倒，必定是件爲難的事情。只因這是一樁傳不到被告的官司，除了這樣處理，好像也沒有旁的好辦法。我看了這則回答，心裏就想，日本每年出版新書將近二萬種，在世界出版界，佔著第三位，總可以在書店找到談論這種問題的好書吧？於是乎就到大盛堂這家號稱書刊百貨店去找尋，果然在新刊書架上發見一本新開千枝子著的「婆媳對話」（原名「嫁と姑の對話」，文理書院出版，價五百三十日圓）這樣的優良參考書。著者在序文中說：「在女人的人生中，我覺得『婆媳』的問題，是絕對不能够靠理論來獲得解決的一個永遠的課題。分開另住也許是個沒有辦法中的辦法，但是這又會產生一個老人的孤獨的新問題來，同時分開另住，也不是誰都可以做得到的。這樣看來，恐怕只好各人各自臨機應變，因時制宜，適當應付罷了。想到這裏，我就把我對於這個問題的感想，書寫出來，提供『將要當媳婦的人』和將要爲兒子娶媳婦而『當婆婆的人』做爲參考。」

這是一本曾經蒙受朝日新聞和NHK在電視上推荐讚許的良書。著者把她和婆婆同居三十年間的經驗，用她零碎記下的「婆婆的話」和她對於那些話的感想，整理出來，認爲如果能够留意這些地方，大家就可以和平相處了。書中分爲吃飯、做菜、洗衣、買物、說話、健康、整理庭院等二十二章，都講得娓娓有致，可以使讀者在趣味之中獲得益處。著者新開千枝子是在民國十年出生於臺灣高雄，民國二十六年畢業於高雄州立高等女學校，又考入台北師範女子部進修，民國二十八年畢業，擔任公立公學校教諭二年，教育省人學生，民國三十年結婚，才到東京去，是一位跟臺灣因緣極深的女性，她的涵養恐怕和存留於臺灣的中華文化有些關係，這本書如在臺灣定購，價錢將近新台幣百元，不易普及，經營海賊版的書商不妨試寫一信和她商量，請她准許無條件在臺灣影印發售，以消弭婦姑勃谿於無形，那就功德無量了。

（六一年二月二日「聯合報」）

「寄鶴齋選集」弁言

徐道鄰先生在「徐樹錚先生文集年譜合刊」出版時，寫了一篇序文，內中說過：「就中國過去讀書人的心理談，作兒子的，刊印他父親的著作，差不多是一種近乎神聖的義務，同時也是一生中最大的滿足。我現在也還有如此的感覺。」徐先生這幾句話，可以說是道破了我數十年來所一直懷抱於衷的心情。因爲辜鴻銘先生曾經對我稱讚過先父的文學造詣，是十八般武藝，樣樣精通的；同時，惋惜先父的作品，恐將成爲廣陵散，從此絕響（註）；所以民國十八年先父去世後，我對於先父遺集的出版，念玆在玆，費盡苦心，多方籌劃，一直到了前年，纔得到成文出版社黃成助先生肯於犧牲血本，予以影印，使我完成這份「神聖的義務」，感到「一生中最大的滿足」。

我爲要出版先父的遺集，曾經找過胡適之先生帮忙。有一天，接到胡先生一封信，說他要到上海去，叫我把書稿送給他，他要帶去碰碰看，我就把書稿送給他。可是他從上海回來後，告訴了我，他跟商務印書館的高夢旦先生商量過，高先生說，這種舊文學已經缺乏商品價值，出版後沒有地方銷售，而且一經開例，就不好再拒絕同樣的稿子，所以他們不便接受。這使我非常失望，因為由文化界最有權威的胡適之先生去向出版界最有力量的高夢旦先生推薦，已經達不到目的，那還有什麼別的門徑好走呢？我想來想去，求人不如求己，就下了決心，要自己創辦一家出版社，先出有商品價值的書籍，建立好販賣網，賺出相當的資金，然後再來出版這部沒有商品價值的遺集，半送半賣，就可以完成我這份「神聖的義務」了。

那是民國二十二年距離九一八事變不久，國人正熱心於研究日本事情，所以我就在北平開設了一家「人人書店」，販賣日本書籍，以維持店費，同時出版新書，以奠定基礎。我為了佈置新書的販賣網起見，親自到上海向開明、民智、北新各書店，抄錄他們全國各地來往的分銷機構，計得三百數十處，回平後就把出版的東西，每種各寄十册，請他們代售，約定每三個月結算一次，付款補貨。那個時候出版事業是有相當厚利的，譬如定價一元的書籍，成本不過二角，著者版稅一角五分，再扣去寄費以及爛賬等等，至多一角五分，批發七折，可以淨賺二角，也就是可以獲得加倍的利潤。只要所出的書能賣出去，賺錢是絕對有把握的。我經過一年多，把三百多家裡面不守約束的，剔去將近一半，留下有信用的二百來家，繼續來往，因此，每種新書三千册，很容易推銷出去。我開店時罄其所有，計投資八千大洋，經過二年多的辛苦，已經滾成將近五萬元的好賬，分散在全國各分銷處，還有一萬多元的貨底，存在店中；像這樣滾下去，再過三兩年，出版先父著作的初願，就可以達到了。不意到了民國二十六年日本軍閥大擧侵略，佔據華北，我政府也決定全面抗戰，各地交通，遂陷於中斷，而我的賬款，因而都成爛賬，書店存貨，也無法推銷，而近十名的店員的生活，不能維持，只好在不久之後，把存貨做爲還魂紙的原料出賣，充作遣散費，讓大家各奔前程，關門大吉，而我所懷抱的自力出版先父遺集的壯志，不但未能實現，並且偷鷄不着，倒蝕了一把米了。

臺灣光復，我於三十五年回鄉，不久臺灣省政府成立臺灣省通志館，聘請林獻堂先生爲館長，林先生要我擔任他的副館長，我當時想要利用這個機構，來出版先父遺集，就欣然前往請示。在談話中間，正好籌備人員把所擬就的該館組織大綱、工作計劃、預算等草案，送請林先生核閱。我心裡暗想，他既然有意邀我當他的副手，這些重要的東西，按理應該先叫我審核一下，然後簽註意見，再送請他做最後的決定。可是他並沒有這樣做，却叫籌備人員把它交給同在座上的他的從孫林培英先生，讓他帶回去審核。我對於他的這個措施，就直覺地感到縱使到了通志館去，也無法發生作用，不能達到我想「假公行私」的「陰謀」，所以再跟他閑聊幾句，就告訴他，現在臺灣省國語推行委員會正在改組，政府任命我的寮友何容先生爲主任委員，何先生也要推薦我去做他的副主任委員，這兩個職務之中，讓我考慮之後，再作決定吧。結果我放棄前者，而就任後者，這個私願，又再落空了一次了。

過了幾年之後，周憲文先生主持臺灣銀行經濟研究室，他對於臺灣的文獻，很感興趣，認為這些先民心血所結晶的吉光片羽，任它散佚，實為民族精神的一大損失，因此利用出版經濟研究的刊物的餘力，搜集有關臺灣歷史、地理的古籍，加以整理重印，彙為「臺灣文獻叢刊」，分贈國內外的研究機構，很博好評。有一次，他想要把先父的「瀛海偕亡記」，加以翻印，收為該叢書的第五十六種，託北大的老學長夏德儀教授，來徵求我同意，這是我求之不得的事情，自然是無條件接受了。因為這件事引起我的動機，我就把先父的全部遺集，請夏教授拿去問他可不可作為該叢刊的一種，予以刋行。經過該叢刊的編輯人員審查後，認為先父遺集一來分量太多，二來許多作品，不合風土文獻的標準，三來待刊的資料壓積太多，有這三個原因，只好暫予割愛，結果又把稿子退還給我了。

這些稿子由我收藏，擱了四十多年，總找不到出版的機會，到了前年，纔由國防研究院胥端甫先生熱心斡旋，獲得成文出版社黃成助先生見義勇為，斥資影印，精裝九厚册，計共五千數十頁，因成本頗高，而又乏人欣賞，以致買者寥寥，雖經黨國中的元老、文化界的巨擘梁寒操先生在中央副刊，為文揄揚，加以介紹說：「遺書內的『寄鶴齋詩話』，從三百篇、楚辭、漢、魏、六朝，以至唐、宋、元、明、清各名家之詩文，皆有所列，先爲總述，後作分述，可作文學史讀。遺書內的『駢文稿』，有賦、有銘、有序、有書，要皆聲韻鏗鏘，不同凡響。遺書內的『古文集』，有史論、有對策、有書後、有時事，又皆眼高於頂，見解卓犖。至於『八州遊記、瀛海偕亡記、中西戰紀、中東戰紀』諸專著，或則描寫山川形勢，瞭如指掌；或則敍述清廷對外作戰之痛史，允爲第一手資料；足徵先生對於古史時事，山川形勢，都有深刻的硏究，切身的經歷，所以能够發爲遺民的哀鳴，非無病呻吟可比也。……綜觀先生的一生，做人處世，著書立說，都不失『不得志獨行其道』、『貧賤不能移，威武不能屈』的氣節，無愧爲『君子人』與一個眞讀書人也。所以先生的著作，對日據後的臺灣，實能發生保存國粹、鼓舞民氣的作用；使祖國文化能以延續，民族精神迄未泯滅，來等候五十年後的光復，重新投入祖國的懷抱。讀書人對民族國家的貢獻，眞是不可限量的。」

梁先生在這篇文章的最末段强調說：「遺書之刊行，不獨愛好文學，及硏究歷史者，允宜人手一篇，就是各圖書館、各學校、各文化機構，也應各購一册，使靑年一代，聽聽本省讀書人的呼聲，能以瞭解於臺省籍先賢的亮節高風，眞知灼見。不獨是作者之望，也是國家民族之幸。」梁先生這篇文章發表了後，第一位反應的是臺灣省政府陳大慶主席，他曾經派過一個職員前來打聽，說要由中華文化推行會臺灣省分會，購買一些，分贈省立文化機構；雖因經費關係，沒有實行，其厚意却很叫我感激。此外，梁先生希望各購一部以供青年閱覽的各圖書館、各學校、各文化機構，除了臺大圖書館、中國石油公司圖書室和臺灣銀行經濟研究室曾經購買過以外，好像沒有什麼別的買主；至於個人，更是冷落，這個情形，使我非常難過，覺得我這個不肖子，罪孽深重，不自殞滅，禍延黃成助先生，使他大賠血本，弄到將來這些影印出來的「遺書」，恐怕只好拿去蓋甕、覆瓿，或送給小販去包花生米，豈不悲哉慘乎？在我悲觀失望之中，忽然接到臺灣銀行經濟研究室來了一封信說：「本室編印『臺灣文獻叢刊』，歷有年所，近已出至二百九十餘種，共達五百七十餘册。棄生先生遺著『瀛海偕亡記』前已收入印行；玆以寄鶴齋詩文各集，篇幅至鉅，無法全刊，經選編『寄鶴齋選集』一種，列作該叢書第三〇四種，將於近期出版。敬請惠撰『選集』弁言一篇，以資紀念。」我接到信後，十分興奮，有如撤雲霧而見青天。因為該叢書不是商品，是用來贈送國內外的研究機構的，先父遺著的「選集」得以列為該叢書的一種，普偏流傳世上，愛好傳統文學的人士，看到這部「選集」，也許會由於見到一斑，而興起想看全豹的欲望，進而去搜集「洪棄生先生遺書」的全部作品，則「遺書」流傳的機會，可以因而增大，這樣一來，也就符合了梁寒操先生所希冀的「不獨是作者之望，也是國家民族之幸」了。

六十一年春節

〔註〕民國十三年作者因寒假歸省後，要回北平（當時叫做北京）。那時候由臺灣到北平，有兩條路好走，一條由基隆搭乘直航天津的郵船，由天津換坐火車到北平。另一條是坐郵船或商船到門司，從下關改坐關釜連絡船到釜山，換坐朝鮮鐵路到新義州，再換坐南滿鐵路到奉天，由奉天再坐京奉鐵路到北平。前一條路的船隻，雖然要在福州、上海、煙臺或威海衞各躭擱一兩天，以起卸客貨，時間多些，却可以上岸觀光，而且不必換船，船價也便宜，不過有一廐煩，就是必須請領護照，要看日本警察的顏色，忍受他們種種的刁難，所以我們大都採取第二條路線。民國十三年這一年，辜鴻銘先生應日本東京大東文化學院的聘請，前往講學，他的本家辜顯榮先生順便邀請他來臺灣遊歷，並做幾場講演，因此結識了先父，很欣賞先父的人格和學問。這年寒假我要去北平而他要回東京，偶然同搭一條船到門司。他坐的是頭等官艙，我坐的是三等統艙，前者在艙上而後者則在艙底。辜顯榮先生派他的內姪（後來成爲他的第二女婿）陳棧治兄伏侍他到東京，棧治兄自然也陪他坐頭等艙。我跟棧治兄是鹿港鄉友，那個時候他也在北平國立北京法政大學念書，素來很熟，我貪圖他房間乾淨，空氣新鮮，所以常常到他那裡去閑聊。有一次，他帶我去見辜先生，介紹過後，辜先生馬上敎訓我說：「你這個人簡直莫名其妙！你父親的學問，是十八般武藝，樣樣精通，北京大學那一個教授趕得上他？你不好好在家傳受世業，而到北京去求什麼鬼學問？你讓你父親的那些本領，就此失傳，實在豈有此理！」我回答他：「辜先生的指敎，我完全承認。不過家父的那些本領，我怎麼也學不來，所以只好由他去做個舊文學的殿後大將，而我却

要另闢蹊徑，去充個新文化的前鋒小卒了。」他一聽到「新文化」三個字，更是火上加油，正要破口開駡，棧治兄看見苗頭不對，趕緊拉着我告辭逃出，一直到門司，我再也不敢上頭等艙去了。辜先生生於咸豐七年（一八五七年），卒於民國十七年（一九二八年）；先父生於同治六年（一八六七年），卒於民國十八年（一九二九年）；年齡比辜先生小十歲，陽壽也短九年。

（六十一年、四月「傳記文學」）

國語和方言

兩年前我在立法院一個座談會上說：『國語和方言，並非勢不兩立，乃是可以共存共榮的。我們想要統一國語，應該採取華盛頓王道主義的措施，在那原存的十三州上面，建立一個共有的聯邦政府；不必採取秦始皇霸道主義的方式，非消滅六國，定於一尊不可。前者費力小而收效大，後者費力大而收效小。』這是我以一個本省人的身分，參加統一國語運動二十多年經驗有得之言，所以提出來供同志們參考，沒有想到此話一出，竟挨了熱心於國語教育的人們許多罵，甚至說我把國語運動拉退了十五年。最近我又在中華文化運動推行委員會召開的國語運動座談會上，重申此意，又接到了幾封匿名的漫罵信，所以我不得不把理由申述一下。我的這個主張，並非自我作古，乃是抄襲五十二年前劉半農先生的舊調，由我的實地經驗，加以印證罷了。

民國十年國語運動界「京音」「國音」之爭，正達高潮的時候，北京大學教授、教育部國語統一籌備會委員劉半農先生正在巴黎大學研究語言學，他寫了一篇長文，寄回發表，文中有一段說：『在討論這個爭點之前，應當先把一個謬誤的觀念校正。這觀念就是把統一國語的「統一」，看做了統一天下的「統一」。所謂統一天下，就是削平群雄，定於一尊。把這個觀念移到統一國語上來，就是消滅一切方言，獨存一種國語。

「這是件絕對做不到的事。語言或方言，各有他自然的生命。他到他生命完了時，他便死；他不死時，就沒有甚麼力量能夠殘殺他。英國已經滅了印度了，英語雖然推廣到了印度的一般民衆，而種種的印度語，還依然存在。瑞士的聯邦政府早已成立了，而原有德、意、法三種語言，還守着固有的地域，沒有能取此代彼，以求『統一』。法語的勢力，不但能及於法國各屬地和比利時瑞士等國，而且能在國際上佔優越的地位，然而在法國本境，北部還有四種近於法語的方言，南部還有四種不甚近於法語的方言，並沒有消滅。從這些事實上看來，可見我們並不能使無數種的方言，歸合而成一種的國語；我們所能做的，只是在無數種方言之上，造出一種超乎方言的國語來。我的意思，必須把統一國語四個字這樣解釋了，然後一切討論纔能有個依據。

「我的理想中的國語，並不是件何等神祕的東西，只是個普及的、進步的藍靑官話，所謂普及，是說從前說官話的，只是少數人，現在却要把這官話教育，普及於一般人。所謂進步，是說從前的官話，並沒有固定的目標，現在却要造出一個目標來。譬如我們江陰的方言，同官話相差的很遠。從前江陰人要學官話時，並沒有官話的本子，只是靠着經驗；他今天聽見有人稱『此』爲『這』，稱『彼』爲『那』，他就說起『這』與『那』來，後來覺得沒有甚麼阻礙，他就算成功了；他明天又聽見有人稱『何物』爲『甚呢羔子』，他也照樣的說，久後纔覺得這是一句江北話，不甚通行，必須改過，他就算失敗了。他這樣用做百衲衣的辦法，一些些湊集，既然很苦，成績也當然不好。但他有一種不可忽視的精神，就是他能暗中摸索、去尋求中國語言的「核心」。我們現在要講國語教育，只須利用一種向心力，把這個具體的核心給大家看了，引着大家向它走，我並不敢有過奢的願望，以爲全中國人的語言，應當一致和這核心完全密合；我只想把大家引到了離這核心最近的一步……就是我們見了廣東人，可以無須說英國話的一步。」

劉半農先生的同事，也是國語運動的一位健將錢玄同先生，讀完這篇文章，寫了一篇讀後感，開頭就說：「半農這篇文章的主張，據我看來，沒有一句不是極精當的。」可見他們英雄所見全同，可以代表「國音」派的說法，雖然不爲「京音」派所贊同，可是仍有參考的價值。

據哈佛大學語言學教授豪根 (Finar Haugen) 博士的估計，現在世界上約有三千種以上互不相通的語言：只說美國加州一州，在白種人沒有來到以前，那裏的印第安人就使用着超過一百種的語言。臺灣高山族的語言，也有八種完全互不相同。這是由於未開發的的少數住民群，居住於彼此容易孤立，不受隣接住民群的影響，可以自給自足，過着老子所說的「安其居，樂其俗，隣國相望，雞犬之聲相聞，民至老死不相往來」的生活，經過時間慢慢的塑造，終於形成了一種與衆不同的語言來。現代新興的許多國家，由於國內語言複雜，沒有法子制定一種全國承認的國語的，比比皆是。非洲遠僻地區不用說了，就拿咱們鄰近的亞洲來做例吧，菲律賓人口不過三千多萬，只因島嶼散布，產生了方言八十多種，獨立的時候，決定採用馬尼拉區的「大家樂」(Tagalog)做爲國語，推行了二十多年，國民不肯遵行，結果只好拿以前統治者的語言——英語和西班牙語，做爲公用語。印度人口多達五億，語言更加混亂，獨立的時候，要採用說的人比較多些的「興第」(Hindi)語做國語，也是此路不通，結果選出十四種方言，並列爲國定公用語，實行起來，困難重重，終於拿英語來充做國語的代用品。新加坡是一個只有二百萬的人口，五百四十平方公里的土地的蕞爾小國，却因爲除了百分之七十五的中國人以外，還有少數的馬來人、印度人、和英國人雜居一起，不易同化，只好承認英語、馬來語、淡米爾語、跟中國語並列，同爲國定的官話。

比較起來，咱們中國在國語方面，可以說是得天獨厚的一個國家。咱們中國地大人衆，論人口數目，超過七億，在全球一百多個國家中，高居第一位，佔着全世界總人口的近四分之一。論土地面積，也有九百六十萬平方公里，坐着第三把金交椅。咱們號稱五族共和，是由漢、滿、蒙、回、藏五個民族構成的國家，可是漢民族佔着十分之九，其他四族合起來不過十分之一而已，所以說漢語的人，佔着絕大多數，說非漢語的人，佔着絕對少數。在這一個漢語系統中，雖然方言相當複雜，却都是同源的語言的分支；有些分歧得很利害，不過只要稍加考察，就可以看出它是由同一個語言演變出來的，因此在我國說漢語方言的人，要學習國定的國語，不會感到甚麼困難。

現在所謂國語，早先叫做官話，都是拿國都所在地的方言來做標準的，所以國語也是一種方言，只因它在政治上和教育上處在一個絕對優越的地位，於是乎說的人就多起來，不是別種方言所能望其項背的。在全國中各地方言接近標準國語的地區，非常廣大，這種地區一般的人習慣上把它叫做「官話區」，有包括冀、魯、豫、察、綏的「北方官話區」，包括遼、吉、黑、熱的「東北官話區」，包括陝、甘、青、寧、晉的「西北官話區」，包括川、滇、黔、桂的「西南官話區」，這些地區的方言，跟標準國語的距離，雖然有的遠些，有的近些，形形色色，各不相同，不過大致可以互相了解，不必翻譯。這類的方言，早先叫做「藍青官話」，現在叫做「普通話」，說這種話的地區，據趙元任先生的估計，約佔全國四分之三的面積，三分之二的人口。官話區從統一國語的立場看來，不成多大問題，最成問題的，第一是非漢語區，其次是漢語系統中的非官話區，其中以廣東、福建和臺灣，最爲嚴重。幸而這些非官話區的方言，也跟官話區的方言一樣，變化雖然有大小的差別，都是漢語這個大源頭分支出來的，枝葉雖不相同，根柢却是一致，彼此交流，十分容易，將來教育普及，交通發達，再輔以電視、廣播、錄音這些傳播工具，我們相信不久的將來，全國國民就都能够用一種共同的標準國語，來互相表達意志，溝通情感了。

大家知道，要研究一種方言跟另一種方言的歧異，有三個問題需要注意；第一是同字異音，其次是同義異詞，第三是語法上的不同，拿國語和閩南語來做例吧，這兩種方言歧異最多的，是同字異音，凡是最常用的詞素，幾乎十之八九，屬於此類。例如東、西、南、北，春、夏、秋、多，上車，入學等等都是。同義異詞的，在詞素中，大約不過十之一二，例如國語的「老板」，閩南語叫做「頭家」；國語的「伙計」閩南語叫做「辛勞」；這類的詞素，分量佔得不多，而且有些這類的方言，由於國語的普及已經漸漸被國語取而代之了。至於文法上的歧異，更是少之又少，我們最常遇見的，是閩南語中喜歡用「有」做爲表現過去的助動詞，是國語文法中所沒有的。例如國語說：「你去開會了沒有？」閩南語就要說：「汝有去開會無？」像這類的文法上的差異，在漢語系統的各種方言之間，並不多見。如果傳授國語的人，能够利用方言和國語的異點來指導學生，帮助他們的理解和記憶，那麼方言不但無害，而且有益了。

我國土地這麼大，人口這麼多，何以在統一國語的工作上，會有這麼好的基礎呢？這應該感謝我們先民的苦心。統一國語要以統一國家爲前提。我們先民在建國的時候，已經注意到國家的統一這一點。遠古的歷史暫且不去深究，只追溯到三千年前周武王的時代去看看就行了。周武王取代殷紂，大封諸侯於天下，實行封建，號稱八百，可謂洋洋大觀，好像一盤散沙了。可是周室的中央政府，却定出一個定期朝貢的制度，叫他們必須按照規定的時期，到中央政府來覲見。進貢一些象徵性的方物，以維持其向心力，同時採用一種叫作「雅言」的官話，來做公事上的通用語，後來秦始皇剷平羣雄，統一天下，廢止封建，改設郡縣，以提高中央政府統制的力量。爲配合這個新制度，命令天下車要同軌，以便利交通；書要同文，以便利紀錄。同時叫李斯簡化大篆爲小篆，後來又採用程邈所作的更簡便的隸書，配以新發明的筆墨，有了這些新的文字和新的書寫工具，於是乎春秋以前的經典和戰國時代諸子百家的學說，都很容易寫定下去，這些文章，遂成爲秦代到清朝，二千多年間，全國一致通行的標準「書寫語言」(Written Language)，爲統一國語運動奠定一個十分鞏固的基礎。

這種「書寫語言」原是把周代的標準「口述語言」(Spoken Language) 的雅言寫定下來的；不過口述語言隨着時光的流轉和人口的遷移，漸漸演變爲各種不同的方言，而書寫語言却一直固定下去，成爲推行政令，傳播文化，統一國家的工具。時間一久，因而和口述語言發生了相當的差異。這種僵化固定不隨口語變化的文言，也和方言一樣，對於國語統一的工作，只有帮助，沒有阻礙。因爲它在時間上，替我們堆積了三千年來許多美麗的詞藻，靈活的句法，供我們使用；在空間上，它超然獨立，不受各地方言的影響，一直保持着本來的面目，成爲全國必不可缺的公用語言，發揮聯繫、凝結的功用。文言文的這種超越時間和空間的特質，也影響到後來白話文的製訂，試看宋代的平話，元代的戲劇，以及明清的小說，凡是廣被流傳、膾炙人口的作品，用的都是超越方言，大家能懂的文體。五四以後的文字，更是遵守着這個原則而寫的。國語也和國文一樣，都可以在亂七八糟的各種方言的上面，建立起來，絕對不必敵視方言。

說起方言的性質，它是會因時因地的不同而自然產生出來，很難用人力加以阻止，更談不上消滅了。美國是完全採用英語做爲國語的，但是美國的英語在語彙、聲調、拼法、和文法，就產生了不少的變化，形成一種方言。譬如同是一樣的地下鐵路，紐約叫做 Subway，倫敦却叫做 Underground，是其一例。美國的國民是由歐非各地的移民雜湊而成的，所以開國以來一百數十年間，十分致力於英語教育，要使他們美國化 (Americanization)，可是五十州中的好些州，仍然保留着相當濃厚的方言，無法糾正。據美國方言學會會長馬克戴維德 R. I. McDavid) 教授根據他對於最近五個大學畢業生而在政界混得很久的總統——柯立治、胡佛、羅斯福、甘迺迪、和詹森——的演說，加以分析研究的結果，發現他們都摻雜了好些他們出身州的方言，而且各人所用的方言，彼此之間，都不相同，可見方言在人們身上，是怎樣的根深蒂固，難以消滅了。

臺灣光復，立刻成立臺灣省國語推行委員會，該會的領導人物，有鑒於此，在製定「臺灣省國語運動綱領」時，第一條就首先規定：「實行臺語復原，從方言比較學習國語。」民國三十五年該會的某一位專家，又在臺灣新生報上登了一篇題名「恢復臺灣話的方言地位」的文章，內中有一段說：「推行國語，『不必』也『不能』把方言消滅。爲甚麼『不必』把方言消滅呢？因爲國語本身也是一種方言，因爲它合於作全國通用語的條件，所以採用它做國語。這也就是把它的使用範圍擴大了，從一個區域擴大到全國。有了這種全國通用的語言，其他區域的方言，仍舊可以在它本區域內通行。方言在它本區域內通行，不但不妨礙國語的推行，反而對於國語的推行有幫助。因爲方言和國語是由一種語言演變而成的不同的支派，彼此的語法是大致相同的；語音的差別雖大，也有演變的系統可尋，並不像兩種不同系的語言的音那麼毫無關係。保存方言，可以用比較對照的方法來學習國語，所以對於推行國語是有幫助的。

「爲甚麼說『不能』消滅方言呢？因爲方言和國語是同系的語言。推行同系的語言的一支派來消滅另一支派，是不可能的。而且正像保存方言能幫助國語推行一樣，推行國語也能幫助方言的保存。歷史上確是有若干種語言死亡了，可是都不是被和它同系而同時通行的另一支方言所消滅的。不但如此，就是用強力來推行另一種語言，也不容易把原來的語言消滅。日本人在臺灣推行日本語，方法那麼周密狠毒，經過了五十年的時間，也沒有把臺灣話消滅啊。」這位專家在二十七年前已經把方言可以和國語共存共榮的道理，講得十分清楚，可以替我答復那些寫匿名信罵我的同志，用不着我多所費話了。

（六一年四月四日「國語日報」）

〔附錄〕國語跟方言的關係

何容

國語運動來自國民理性的要求。希望我國有「統一的國語」，這是全國各地說着各種不同方言的同胞共同的願望。「國語」從一起頭就是理性的產物。「國語」也是全體國民理性的象徵。我們很容易看出來，國語的誕生並不是由於一時感情的激動。如果要說它也含有「感情」的成分，那麼，這「感情」就是在全國同胞心中湧動的求生存，求進步的強烈的愛國心。

我們的「國語」跟「漢語方言」的關係，並不是不相容的「對立的關係」。二者的關係，是一種「血緣的關係」。二者的相互吸收跟相互影響的作用，是可以看得出來的。我們不能以消滅方言為推行國語的手段；同樣的，認為推行國語就是要消滅方言這種說法，也是出於誤解。語言學上的，血統上的「血濃於水」的道理，無論古今中外，是人人都能領悟的。愛國的同胞，並不希望看到本國「方言」被消滅。愛國的同胞，也不希望看到國土以內發生「停止推行國語」的悲劇。愛國的同胞，當然更不願意看到國語跟方言「互相消滅」的悲劇。

國語方言的關係，既然是一種「血緣的關係」，那麼，我們對於「推行國語就是消滅方言」的錯誤立論，最好的態度是以理性加以化解，使錯誤觀念自行消滅。熱心推行國語的人，不要給人以「消滅方言」的印象；維護方言存在的人，也不必擔心推行國語會使方言消滅。拿甲語言來代替另一種不同系的乙語言，是會使乙語言漸漸被人淡忘的；可是拿一種取得了標準語資格的「同系方言」，來代替另一種「同系方言」却是不可能的，因爲它恰好隨時提醒大家注意到這兩種方言的「最密切的血緣關係」。

日本佔據臺灣五十年之久，大力推行日本的「國語」，其結果雖然已經使年輕一代的本省同胞對於自己的方言，不能如大陸各省同胞對自己的方言那樣的運用自如，但是在本省通行的漢語方言，也並沒因而消滅。可見用一種語言來代替另一種不同系的語言，雖然可能，也並不是一件容易做到的事。

也許有人會舉出歷史上的實例，說：滿清政府採用了漢語，現在滿洲語不是消滅了嗎？這是事實。始終居住東北偏僻地方的滿族同胞是否還有使用滿洲語的，不敢妄斷；在關內的滿族同胞，假如眞有活到二百歲的人，大概他「老」人家也不會講滿洲話了。在臺灣能講滿洲話的，據我所知，只有一家。但是我們不要忘了，這種情形只是顯示一種語言被另一種「不同系」的語言所代替，才有可能，而且這「可能」，指的是要經過將近三百年的時間！這個實例，恰好可以拿來證明，用一種語言來代替另一種不同系語言，可能是可能，却也並不是一件容易實現的事。

本省光復之初，也有人忽略了國語跟方言的「血緣關係」，提出「推行國語以消滅方言」的主張。像曾任長官公署教育處副處長的宋斐如（已故），就是同意這種主張的。他們的意思是：本省方言（指閩南語）已經被日本人禁用而趨於死亡（意卽沒有多少人能用），正可「因勢利導」，使它完全消滅而以國語代之。另有一些人主張「恢復方言有助於國語的推行」，像曾任建國中學校長的陳某，就是其中之一。這兩個人當時都是本省籍的賢達，現在雖然都已不在「人世」，但是那時雙方的言論，現在還有舊報可查。雙方各說各的理由，却都忽略了「推行國語有助於方言的恢復」。假如當時他們都能想到這一點，那針鋒相對的多餘的爭論，也就不會發生了。

當時所謂恢復方言，就是說要使本省同胞都能像其他各省的同胞一樣，對於自己的方言能運用自如。因爲那時候的情形是：只有年齡較長而且讀過「漢文」的少數人，還能毫無阻礙的使用自己的方言；而多數的年輕人，幾乎「都」不能用自己的方言來充分的表情達意了。這就是當時認爲方言需要恢復的原因。

舉一個淺顯的實例來說：光復之初，有一次，我讓一位年輕的女工去買「香蕉」（用國語說的），她不懂。我改說「巴拿拿」她似乎有些驚異，說：「你也會說日本話？」我告訴她那不是日本話。她問我是哪國話，我只好笑而不答，因爲那也許是西班牙話，葡萄牙話，或是根本就是熱帶地區某地土人的土話。諸如此類的像「拉鷄窩」「哥拉斯」「內古代」「馬基」……她都會說，却有時認爲是日本話而不願說；而「芎蕉」「番仔火」，也許是根本不會說，也許是認爲這些詞「太土」而不願說；至於「領帶」「玻璃杯」「無線電收音機」，她又不會依照方音來說。由她這一代傳下去，本省的這種方言，可不就趨於消滅了嗎？

後來她的國語程度越來越高，方言程度也跟着進步。她學會了說「領帶」「玻璃杯」「無線電收音機」，也學會了說「ㄋㄧㄚˋ ㄉㄨㄚ」「ㄅㄛ ㄌㄧˋ ㄅㄨㄝ」「ㄙㄧㄨ ㄧㆬ ㄍㄧ」，也學會了說「香蕉」「洋火」，也學會了說「芎蕉」「番仔火」，雖然還不是一定要說，却不以爲說這些土詞太可笑了。

這位小姐現已年逾「知命」，料想她的國語不但可以跟她的兒子（甚至孫子）媲美，她對自己的方言，大概也能像任何人一樣，運用自如了。這就是「推行國語有助於方言的恢復」啊！

推行國語是爲了國家的團結跟進步。現在社會上大聲疾呼的要求電視配合國語的推行，難免也會談到方言使用的問題，可是我還沒聽到有人說過在家庭生活中不可以使用方言的。假如有爲了加強兒童學習使用國語的效果而提倡在家庭中說國語的，那也並不是主張在家庭中「不可以」使用方言，家庭生活是私人生活，雖然家家可以實行使用國語，卻不一定是非使用國語不可。反對使用方言的人是反對：教師以方言在國民學校裏進行教學，公務員以方言執行公務，社會人士以方言開會，大衆傳播事業以方言進行傳播；尤其反對「國有國語，省有省語」那種故意要弄文字遊戲的荒謬口號。

我個人對於方言的看法是：方言的形成，是有「地域性」的；但是方言的使用，卻不受「地域」的限制，更不受「省」區的限制。省這種行政區域不是依方言來畫分的。

儘管我們常常把在臺灣通行的閩南語稱爲「臺灣話」，但是這種叫做「臺灣話」的方言，並不限於在臺灣地區使用，也不限於在閩南地區使用。譬如一個原來住在臺灣的家，無論移居到哪一省，哪一國，甚至於哪一個星球，這一家在他們的家庭生活中，不是照舊可以說他們的方言嗎？

又如兩個人都操同一種方言，他們在任何地區都可以用他們自己的方言談他們二人之間的私事。常有人批評某省同胞相見時，不管有沒有別人在場，他們一定用他們的方言交談，冷落了別人，使別人尷尬不堪，使別人感到很不愉快；不過這種行爲只能說是不大合於「禮貌」，却不能說是違背國家推行國語的政策。

至於以方言施教，以方言執行公務，以方言擧行會議，以方言從事大衆傳播，……那就不只是「不禮貌」的問題了。那種行爲，跟國家的體制，法令的規定，本身的責任，社會的期望，都相違背了。尤其在國際局勢多變，我們必須莊敬自強的時候，國旗、國語，正是我們團結奮鬥的象徵，特別需要我們的敬愛跟維護。海外僑胞看國旗，聽國語，都能熱血洶湧，感動落淚，並不是沒有原因的。如果我們在這風雨如晦之際，竟不能，不敢，不願高擧國旗，提倡國語，那不是太沒志氣，太沒出息了嗎？

世界上各文明國家，沒有不以法定的國家標準語來實施教學，執行公務，擧行會議，從事大衆傳播的。像我們目前所看到的不能堅決維護國語的現象，可說是絕無僅有的。也許有人說，這是二十多年的推行國語工作不力，才有這些現象；可是現在以方言施教，執行公務，擧行會議，從事大衆傳播的人士，都是能使用國語而不用國語呀。再說，十多年前臺灣省國語推行委員會的被裁撤，並不是因爲它有工作不力之罪，而是當時有人認爲本省的國語推行已經成功，無再設推行機構的必要。

說有功也好，說有罪也好；令人啼笑皆非的評語，只好以不啼不笑置之。我個人以爲：國語運動必須繼續努力，必須從多方面努力。大家集中力量來推行國語；至於方言的存廢，那是「不成問題」的問題，不必再討論，更用不着爭論。雙方的「理論」的發揮，都是精力的浪費，都是有害無益的。

（六十一年五月四日「國語日報」）

「眉亭隨筆」序

記得白香山有一首詩，開頭四句說：「大隱住朝市，小隱住丘樊，不如作中隱，隨月有俸錢。」縱觀整個社會階層，住在朝市大隱的和住在丘樊小隱的，都屬少數，而大多數的蚩蚩者氓，總是住在大街小巷裏面，靠月俸討生活的中隱之士。可是一部中國文學史中的佳作，不屬於大隱所創作的廊廟文學，就屬於小隱所發展的山林文學，很難找到由於中隱之士所寫出的市井文學。這個現象值得我們檢討一番。

老實說來，文學並不是甚麼奥妙玄祕的東西。只要會寫清通文字，人人都可嘗試一番。依照英國大批評家亞諾爾特（Matthew Arnold）的說法：「文學是人生的批評。」(Literature is Criticism of Life.) 倫敦大學哈德遜教授（W. H. Hudson）說：「個人的經驗，是一切眞正文學的基礎。」(Personal experience is the basis of all real literature.) 胡適之先生則說：「語言文字都是人類達意表情的工具，達意達得好，表情表得妙，就是文學。」任何人對人生都有一種批評，任何人都懷有相當豐富複雜的個人經驗，只要再在表情達意的語言文字上下些工夫，那麼，寫出來的作品，距離文學，「雖不中不遠矣」。

記得四十幾年前一位名教授剛從美國回國任教，在北京大學開了一門「鄉村教育」的功課，除了介紹他博士論文中所悉心搜集的美國偏僻地區「一師學校」(Oneteacher school) 的各種辦法以外，還講授各國的鄉村教育。我曾經向他借來一册美國人所寫的介紹丹麥鄉村教育的著作，書的內容已經記不清楚，不過內中幾句丹麥的教育部長告訴著者的話，至今還是淸淸楚楚留在我腦海中。他說：「丹麥法定的六歲到十四歲的義務教育，施行得十分徹底，全國只有百分之一的學童因特殊情形沒有就學。義務教育受完以後，還有各種推廣教育或補習教育，獎勵大家繼續進修，所以國民的教育水準都相當高，你可以任意抓出一個成年的男女，叫他寫出一本書，他一定是能够勝任愉快的。」

參照前面所引的資料，我們就可以了解我國市井文學所以不能够產生的原因了。我國歷來的教育，一直爲少數的有閑階級所獨佔，一般「隨月有俸錢」的，忙於爲生活而掙扎的庶民，很難獲得接受教育的機會；又因古文艱深，非經過長期訓練，不能運用，因此市井文學就無由產生了。到了清末，梁啓超發刊新民叢報的時候，開始由矜練拘束的文言文，解放爲平明易懂的言文接近體，爲後來的白話文，鋪好一座橋梁；到了五四運動以後，全國通行白話文，而教育也逐漸普及，於是乎引車賣漿者流，也可以「我手寫我口」，而市井文學的建立，也因而漸露曙光了。

鹿港鄉友曾材庭兄，最近把他所寫的六十年來身歷的瑣事和所見所聞，以及童年貧苦，入學就職的各種閱歷的文字，輯成「眉亭隨筆」一書，向我徵序，因此而引起我創造「市井文學」這個建議來。大家知道，自從三百年前臺灣併入我國版圖以來，就有「一府，二鹿，三艋舺」的成語，流傳至今；因爲一百多年以前，我們鹿港不但經濟的繁榮，僅次於府城，就論文風的茂盛，也可用「唯使君與操」自雄。我們幼小時候，當地的進士第，就有丁、蔡、黃、許好幾家，舉人、秀才，更是屈指難數。可是後來由於日本的佔據，知識分子內渡的內渡，沒落的沒落，而港口又淤塞不通，以致地方衰微，居民窮苦，不得不散而之四方以餬其口；除了一大批有名的「鹿港苦力」，媲美「臺北藝旦」，在各埠頭大顯身手，互爭雄長以外，還有許多受過「字墨算」的訓練的人才，分踞各地大小商店的賬房和櫃臺，靠他們的特殊伎倆，爭取外匯，以養家活口。材庭兄一生就是過着後者這種生活而成家立業的一個人，所以他在市井中所獲得的個人經驗十分豐富，因而對於人生，也自有一種獨特的觀點，可以從他的隨筆中，使人聽到一些眞正的「一個小市民的心聲」，爲市井文學投下一塊奠基的小石。

古人有言：「百般起頭難」，建立市井文學，也是不能例外。大家知道，文學的成立條件，第一要有豐富的素材，第二要有高妙的表現技巧；材庭兄這本隨筆，素材堪稱相當豐富，雖然表現技巧，還未臻高妙，不過他要爲市井文學的建立，開闢草萊的精神，仍然値得敬佩。譬如行遠必自邇，譬如登高必自卑，郭璞說：「惟岷山之導江，初發源乎濫觴」，大家看看廊廟文學草創時期的商頌、周頌，詰曲聱牙，讀來多麼彆扭，可是到了漢代，司馬相如的遊獵、子虛，揚雄的甘泉、長楊諸賦一出，就顯得文詞瑰麗，聲調鏗鏘，使人琅琅愛誦了。古人說：「但開風氣不爲師」，又說：「自古成功在嘗試」，這種風氣是値得開，這個工作是値得嘗試的。

古諺說：「家近通衢，不問而多知」，材庭兄不但家近，而且一生深入通衢，因此所知很多，現在把它發表在這本隨筆之中，可做爲世人立身行道的參考。淸代張船山論文絕句說：「寫出自身親閱歷，强於飣餖古人書」，謹以這兩句詩，來做「眉亭隨筆」的評介。

（六一年五月十六日「國語日報」）

關於傅斯年的棄世

效沂兄：

閱七月號的傳記文學，知道大作「報壇浮沉四十五年」要就此結束，叫人悵惘！這是一篇極受讀者歡迎的作品，甚盼休息一下，從速改個主題，繼續寫下去，以滿足大家的渴望。

本期所述，傅校長在省議會答覆質詢，突患腦溢血症，逝於議場。當時某報記者往訪謝東閔議長，詢以對傅氏感念。謝先生以沉痛的心情，對傅氏「棄世」，至表哀悼，某記者却把「棄世」寫成「氣死」，報紙刊布後，議員大譁，認爲議長怎可委過於議員質詢？後經謝先生解釋，糾紛乃已。這就是採訪者不慎、不敏、不思所致，可資警惕。

這段話有兩點需要訂正。第一點，當時的議長是黃朝琴，副議長李萬居，秘書長連震東。謝東閔那時候還在高雄縣做縣長。傅校長不是在答覆質詢當時發的病，而是答覆了後，回到官長席，和教育廳陳雪屏廳長閑談時，突然發病，歪倒在陳廳長身上，經連秘書長電請臺大附設醫院魏火曜院長，率同幾位專門醫師，趕來急救，可惜已經來不及了。黃議長主持了一下午的會議，又碰上這一大事變，精神不支，先行回家休息，所以記者知道這個消息，前來議會採訪時，接待他們的，既非後來的謝議長，也非當時的黃議長，而是由李萬居副議長出面答覆。這一點不可張冠李戴。我在傅校長就任以前，曾經在莊長恭校長任內，兼任過一個時期的校長室秘書，對臺大有個通盤的了解，所以是傅校長最常諮詢的本省籍教授之一，又是北京大學的前後同學，往來比較密切，聽到此事發生，馬上趕到議會去看他，所以知道得相當清楚。

其次，把「棄世」弄成「氣死」，記者自然要負相當的責任，其實主要還要怪李副議長的不肯好好把國語學好。李副議長在抗戰期中，雖然幫助過王芃生，辦理國際問題研究所，對國家有莫大的貢獻，可是他的藍青官話，一直十分藍青，回到臺灣以後，時常演說，外省人認爲他說的是臺灣話，而臺灣人却知道他講的是國語，妙的是大家都能了解他說的是些什麼，因而更使他積非成是，自以爲國語說得滿成功了。臺灣人學習國語有個大毛病，就是ㄓ、ㄔ、ㄕ常跟ㄗ、ㄘ、ㄙ混淆，而四聲又搞不清楚，因而時常引起誤會，這次鬧的笑話，就是由此而來的。李副議長把「棄世」（ㄑㄧˋㄕˋ）說成（ㄑㄧˋㄙˇ），難怪採訪記者把它寫成「氣死」了。而且當天的情景，確有「氣死」傅校長的可能，因爲最後的質詢者是郭國基議員，郭議員素以大砲自居，兩尊大砲相對，自然難免亂轟一番，所以傅校長一倒下去，街上馬上就有郭大砲轟倒傅大砲的流言，記者有此先入爲主，也就容易聯想到「氣死」兩個字去，報上一登，不但議場騷然，臺大學生也結成隊伍，浩浩蕩蕩到議會要來找郭大砲算帳，幸而郭大砲聽到風聲，逃跑得快，不然的話，縱使不被打死，也會讓他們揍癟的。一言可以喪邦，這就是一個很好的例子，所以我們一直主張推行「標準國語」，不願意看到「普通話」的猖獗。

這裡還有一點需要解釋的疑問，就是傅斯年先生以一個堂堂國立大學的校長，爲什麼要紆尊降貴到省議會去備質詢呢？這是有個歷史背景的。臺灣大學在日據時代叫做臺北帝國大學，名義上是文部省管轄的國立學校，可是經費却要仰給於臺灣總督府，所以實質上要受臺灣總督指揮監督。臺灣大學因襲這個傳統，名義上雖是教育部管轄的國立大學，只因經費係由臺灣省政府撥發，所以和省立各學院一樣，校長要到省議會去受質詢，也就是臺灣諺語所謂「食人飯，憑人問」也。

（六一年八月「傳記文學」）

「中外婚緣錄」序

同業臺灣日報記者陳漢墀君，要把他以前服務自立晚報時所採訪的，有關中外婚姻事件的記事，輯錄起來，刊行單行本，命名為「中外婚緣錄」，提供社會參考，向我徵序；我認為陳君此舉，很有意義，就答應下來了。現在世界交通方便，人類往來頻繁，國籍不同、種族互異的青年男女，接觸的機會很多，因而有情人成了眷屬的，也到處可見。這種國際婚姻，成功的固然很多，失敗的也不算少。陳君所採訪的，失敗的多而成功的少，離免引起讀者認為國際婚姻是不可輕試的誤解，對這一點，應該首先注意一下。大家要知道，在新聞記者眼中，正常的事情，不能成為新聞，變態的才可以成為新聞。所以說，狗咬人不是新聞，人咬狗才是新聞，讀這本書，應該先有這種認識上的準備。

從優生學上來說，血緣越遠的夫婦，產生的子女越優秀，所以國際婚姻原是應該獎勵的。日本明治初年的文部大臣森有禮，看到讓矮小的日本土馬去和高大的外國種馬交配，產生下來的小馬，都非常雄駿。因而主張多請外國的男女，來替日本改良種族，當時大家都非常笑他這種謬論，其實他的主張，並非全無道理，馬既如此，自然人也不能例外了。不過我們要知道，結婚生活，是一種需要精練的技巧和緊密的合作的、集體創作的藝術，是很難達到理想的境界的。去年趙元任博士和他夫人楊步偉女士擧行金婚典禮時，趙夫人做了一首詩說：「吵吵爭爭五十年，人人反說好姻緣。元任欠我今生業，顛倒陰陽再團圓。」趙先生和趙太太在民國十年左右，都是十分的前進的青年。他們的結合，完全由於自由戀愛而成，按理說，他們的結婚生活，應該像胡適博士所想像那樣，必定是「蜜蜜甜」的，那兒想到據趙夫人的自白，却是一種「吵吵爭爭五十年」的生活。可見這種集體創作的藝術，是多麼難於成功：多麼需要努力：多麼需要忍耐了。趙先生和趙夫人是同國家、同種族、同是出洋學成回國的時代寵兒、同是江蘇的望族、門當戶對，又經過相當長久的戀愛過程方才結合的。「蜜蜜甜」的一對夫妻，還不免「吵吵爭爭五十年」那麼，「非我族類，其心必異」的中外婚姻，求其十分圓滿，自然是難上加難了。

話雖如此，世界上各國的國民，由於種族不同，環境互異，因而產生了許多不一致的地方，但在大本大節，却是相同的。論皮膚，雖有黃色、白色、紅色、棕色、黑色的差別，可是四肢、五官却是完全相同，並沒有三頭六臂的例外；身體如此，精神也然。古人說：「人同此心，心同此理」，孔子說：「言忠信，行篤敬，雖蠻貊之邦，行矣；言不忠信，行不篤敬，雖州里，行乎哉？」所以一對夫妻，只要他們的結合，是出於由衷的相愛，無論同國異國，同種族異種族，結果必定美滿，否則難免乖離。所謂相愛，是能够欣賞對方的優點，同時又能够包涵對方的缺點的意思。夫妻果能如此，雖然「吵吵爭爭五十年」，還是希望來生能够「顚倒陰陽冉團圓」；所以「愛」是結婚生活最主要的要素，有了愛，就能够相忍相諒，有時發生摩擦，也會化干戈爲玉帛，俗語說：「夫妻打架，吵吵鬧鬧，嚷嚷叫叫，晚上上床，摟摟抱抱，明天就好。」這樣的夫妻生活，「雖蠻貊之邦，行矣」否則的話，「雖州里行乎哉」？

在陳君筆下的國際婚姻，破裂的多，圓滿的少；可是在我所接觸的範圍內，恰恰和他相反。我的表弟丁瑞鈌的次男逸龍，娶了一位德裔小姐，長女淳兒，嫁給了一位法裔丈夫，家庭生活都極理想；另一個表弟丁瑞乾的女兒淑芳，在師大讀書時，和留華美生丁愛博相愛，不顧父母的反對，恭請趙元任先生證婚，雙雙攜手回美工讀，都已獲得博士，在大學任教，去年也把父母接到美國去奉養了。所以我看到的好些親友的兒女們所結成的國際婚姻，都很不錯。其中對這種婚姻最捧場的，要推老友振山眼科醫院院長劉傳來博士。傳來兄有一位公子名榮起留學美國，娶了一房美國媳婦。數年前利用暑假，學家回臺省親。這位美國媳婦到了婆家，總是每天清早起床，梳洗完畢，把子女打扮了後，就露着胳膊，光起脚丫，開始洗地板，擦窗戶。接着就洗衣服，下橱房，勤勞的程度，比起她的臺籍妯娌，有過之而無不及。傳來兄瞧着於心不忍，就告訴她：「妳是做客的，可以不管這些粗活。」她却回答：「我平常不能替家裏做事，好容易得到這個短期的機會，應該多多盡些力量纔對。」因此，就使傳來兄成了一位國際婚姻的讚美者了。

前面我已說過，婚姻生活是一種集體創作的藝術，非有精練的技巧和緊密的合作，不容易成功。譬如中國的聯句詩，是兩個以上的詩人，你一句，我一句，聯接起來的集體作品。這種作品，從漢武帝的柏梁詩到韓昌黎的南山詩，數目不少，可是拙作遠比佳構多，所以明徐師曾的文體明辯說：「必其人意氣相投，筆力相稱，然後能爲之，否則狗尾續貂，難乎免於後世之議矣。」齊白石翁和他兒子合作的花卉草蟲圖，所以能够價値倍增，是因爲白石老人擅長的是北派的寫意，而他少爺精工的是南派的工筆，父子倆雖然作風相反，可是彼此却是「意氣相投，筆力相稱」的。所以白石老人能够在他兒子精心描繪的草蟲上面，經過一番匠心，配以幾筆寫意的花卉，使它相反相成，顯得天衣無縫，成爲千古難得的傑作。由此可見，「天下無難事，只怕有心人」，集體創作雖然好像不易成功，其實只要合作者肯於細心去互相適應，要達到理想的境界，也並不太難。同質的兩種派別不同的藝術的調和如此，異質的兩種作風互異的藝術的調和也莫不然，這都要依靠藝術家去苦心努力。清初意大利畫家郎世寧雜揉西洋畫的意匠於中國工筆畫中，現代我國畫家藍蔭鼎運用中國畫的神韻於西洋水彩畫裏，都獲得了很大的成功。以此例彼，中外合璧的家庭，只要夫婦肯於苦心孤詣去互相適應，照樣可以獲得成功。

「人之初，性本善；性相近，習相遠。」王應麟三字經中的這幾句話，是人有道理的。據舊約創世記第二章第八節所載，耶和華上帝用地上的塵土造人，先造男的亞當，使他看守伊甸園。耶和華上帝說：「那人獨居不好，我要為他造一個配偶幫助他。」於是乎取下他的一條肋骨，造成一個女人，就是夏娃。所以男女原是一個身體分出來，需要互相幫助讓他再合為一的。柏拉圖也在他那本不朽的名著「饗宴」第一八九節到一九二節裏面，借用阿里斯德巴涅斯的嘴，講述一段神話，要去闡明男女兩性的難解難分的一致，以為那是人類的完成所必要的道理。他說，古代的人，是一種男女同體的生物，只因他反叛諸神，惹起諸神光火，所以最高的神宙斯，就把他分裂成兩半，加以處罰。人類為要找回那分出去的另一半，所以要經過許多艱難困苦，去尋覓異性，不找到不休。「饗宴」中的這個神話，跟「創世記」一樣，都是說男女原是一體，如果沒有把它們失去的那一部分找到，重新結合起來，就不能算完全，就永不塌實。咱們古代「儀禮」所說的：「夫妻一體也。」就是這個意思。

夫妻既然是由一體分而為二，逼於本能，努力找回，再合為一，按理是應該和好無間的。可是事實上為甚麼和好的少，而乖異的多呢？這是由於「性相近，習相遠」而來的。男女剛剛分開的時候，兩者的天性，我想該是相差不多，可是慢慢地由於生理的不同和境遇的廻異，就越離越遠，終至於變到枘鑿不入，非花費許多苦心，不能互相適應了，易經小畜卦九三說：「輿脫輻，夫妻反目。象曰：『夫妻反目，不能正室也。』」這是說，車輪掉了直木，弄得車子走不動；就像夫妻反目，弄到家庭不能發揮家庭的功用一個樣。孔子解釋說：「夫妻反目，是由於不能把家庭納入正軌而來的。」怎麼樣把家庭納入正軌呢？我曾經做過一副對聯，賀人結婚說：「你愛我，我愛你，你我相愛；男助女，女助男，男女互助。」苟能如此，則地無分東西，人不問黃白，都能夠過着幸福的家庭生活，都能夠夫妻和協，如鼓瑟琴，自然就不必再為國際婚姻去提心吊膽了。

（六十一年八月十二日「國語日報」）

國語和國際語

語言是人類表情達意的工具，無論在政治上、教育上、經濟上、國防上、和社交上的任何一種活動，都是欠缺它不得的，因爲語言是人類共同生活的唯一媒介物。如果一個國家能有一種全國通行、無遠弗屆的標準國語，這個國家的國務，推行起來，定會感到非常順溜！如果整個世界能有一種人人能懂、處處可通的國際語，這個世界居住起來，定會叫人覺得十分舒服！這是一件非常困難，却也並非完全做不到的工作。

在我們腦子裏面，總以爲每一個國家，當然各有它自己的一種特有的國語。例如法國人用法語，德國人用德語，英國人用英語，日本人用日語來說話，來寫文章，好像是天經地義，理所當然的事情。可是如果稍爲深入考察一下，我們可以發見這條原則不能夠適用的國家，非常的多。

有些國家沒有自己特有的國語，另一些國家却有一種以上的國語。譬如美國就沒有自己特有的國語，他們以英語爲國語；他們的英語雖然跟英國道地的英語多少有一點不同，不過這種不同，猶之乎閩南的泉州話跟漳州話的不同而已，程度是很輕微的。所以我們可以說，美國不但跟英語發祥地的英國共用一種國語，而且跟許多由英國植民地獨立起來的，大英國協的國家，共用一種國語。又像歐洲的比利時和瑞士，不但自己沒有特有的國語，而且採用兩個以上的鄰國的國語，來做他們的國語，比利時採用荷蘭語和法語，瑞士則採用德語、法語、和義大利語，並列爲他們的國語。另外一種情形，是一個統一的國家，却有兩種以上的自己特有的語言，同樣列爲國語，例如南斯拉夫就採用三種自己特有的語言；並列爲國語使用。印度承認十四種有勢力的方言，可作公用語言使用，擬定要選擇其中之一的興第（Hindi）語做標準國語，結果推行不動，只好仍舊採用以前統治者所用的英語，來做傳播政令、施行教育的工具。

由此看來，談到世界上的語言狀況，眞是一個十分複雜的問題，因爲世界上彼此完全不通的語言的數目，多得驚人，據法國學術院的調查，有兩千七百多種，而據美國哈佛大學豪根敎授的估計，則在三千種以上；現在世界上有一百五十來個國家，平均每個國家有二十種互不相通的語言，想要使用一種標準國語把它統一起來，確實不是一樁容易的工作。不過這個統一國語的困難工作，我已經在拙作「國語和方言」那篇文章中說過，在咱們中國，並不顯得十分困難，因爲咱們雖然有七億五千萬的人口，將近一千萬平方公里的土地，可是咱們三千年來已經有一種書寫的語言（文言文）通行全國，七百年來又有一種口述的語言（官話）爲全國四分之三的地方，三分之二的人民所使用，如果政府利用教育組織、交通機構、和傳播工具，努力推行一下，不出二十年，全國的男女老幼，都會運用標準國語，是絕對沒有疑問的。

一九二九年丹麥的語言學家耶斯波森（J. O. H. Jespersen, 1860-1943）著了一部「從語言學的觀點來看人類、國民和個人」（Mankind, Nation and Individual from a Linguistic Point of View），認爲在現代要統一語言，是一件十分容易的工作，因爲第一，現代的火車、電車、汽車、輪船、飛機、以及電報、電話、和無線電廣播各種交通和傳播機關，非常進步，人和人的交涉，十分頻繁；又有廉價的書籍、報紙、雜誌等等，在文學上推進世界主義；加之以吸收地方人士的大都市，一天比一天擴張，所以大家都感到有把各種方言用標準國語把它統一起來的必要。他又說，現代一個鄉下佬所接觸到的人，比一世紀前一個住在城市的交際家所接觸到的人，還要多得多的。有着這些客觀的背景，標準國語自然就容易推行了。法國語言學家梅葉（Antoine Meillet, 1860-1932）也跟耶斯波森表示過同樣的看法，他舉出一個例證說，有個一八二〇年出生的名叫哲爾米克的人，他們移居索爾維列的當時，講標準法語的，只有他們這一家；可是到了一八九六年，說方言的，全鎭只有極少數的幾個老人了。由此看來，從事國語統一運動的人們，是大大可以樂觀的。可是想要創造出一種全世界可以通行的國際語，却是一個叫人大傷腦筋的問題。

人類是一種喜歡交際的羣居動物，除了隣里鄉黨以外，還懷抱着四海兄弟、世界大同的理想，因此總希望產生一種可以被全世界所採用的國際語。因爲這種語言可以帮助人和人、國和國之間，增進了解，加深情感，也可以促進彼此之間的文化上和經濟上的緊密的聯繫，消除誤會，防止戰爭。解決這個問題，有兩條路好走，一條路是利用現有的某一國的語言，努力推行，使它通行於整個世界；另一條路是撇開世界上所有一切現成的自然語言，另起爐竈，從新設計出一套平易而中立的人工語言來使用。因爲自然語言總有產生它的文化在背後活躍着，要用它做爲國際語，不容易被不同文化的國家所接受，因此就產生出創造人工語言來充用的觀念。提出人工國際語的具體意見的人，恐怕要推法國哲學家笛卡爾(Rene Descartes, 1596-1650)。笛卡爾認爲國際語應該是一種容易寫，容易念，容易學的語言。這種國際語好像幾何學，是可以創造出來的。他給他的朋友麥爾塞神父的信裏，有這樣幾句話：「這種語言對一般人來說，在半年之內就可以學會，學會之後，大家會喜歡用這種語言來交談。我是眞的希望國際公用語由於它在讀音、書寫方面容易學習，並且能够清楚地表達人的思想和感情而沒有錯誤。」

自從笛卡爾提倡創造人工國際語以後數百年間，前後出現的這種語言，不下六百種，都因爲不切實際，只是曇花一現而已，到了一八七九年德國學者士列瓦（M. Schlever）設計出一種叫做「勿拉布克」（Volapuk）的人工國際語，纔在歐洲獲得同志，一時學習的人，風起雲湧，一九〇二年還出過字典，各地也有設立學會來推行的。這種國際語，由二十八個字母所構成，母音八個，子音二十個，一個字母一個音，念起來很方便，語彙則雜揉英、法、德等國語而成，語根限定一個音節，排除不規則的文法，頗近理想；只因人爲的改變過多，不便記憶，碰到「愛斯不難讀」（Esperanto 我國一般譯爲「世界語」）一流行，優劣立見，遂被打倒，沒有人再去過問，已經絕跡於世上了。

「愛斯不難讀」是波蘭醫師柴門霍甫（L. L. Zamenhof, 1859-1917）所創造，一八八七年出版第一部書，所用字母，計二十八個，除了Q，W，X，Y以外，所有羅馬字母，全部採用，輔以五個表示抑揚的子音字母，發音清楚；語彙的來源，仰給於印歐語系各國比較共同的語言的語根，再輔以數十個接頭詞、接尾詞、和中接詞，以增加語彙的數目；文法只有十六條規則，絕沒有出規的例外；八十年來已經出有好幾種字典，一萬多種的著作和翻譯，並有一百多種的新聞、雜誌，在三十個國家刊行；學會每年舉行大會一次，分會遍設世界九十多個國家，會員達八百萬人，中國分會由輔仁大學文學院高思謙院長主持，聲勢相當浩大。這是一種易念、易懂、易記的國際語，不爲任何國家或民族所專有的純中立性的語言，採用它來做國際語，不至於傷害任何國家、民族的情感而受到阻撓，是它最大的優點。

不過這種人工國際語，理想雖然理想，只因沒有悠久的歷史，沒有深厚的文化，沒有衆多的使用者做它的背景，就好像在溫室裏面培養成功的花木一樣，不容易生長繁殖，所以在世界幾十億的人口中，只有八百萬人勉強使用着它，落得這種自稱「希望」（Esperanto 是希望的意思）的國際語，老是停留在「希望」的階段，因此，主張必須採用現成的某一種國語來充當國際語的反對者，也就振振有詞了。老實說來，天下沒有絕對的是非，公說公有理，婆說婆有理，人造國際語的優點正是自然國際語的弱點，人造國際語的弱點却又成了自然國際語的優點，它們是不能够兩全其美的，就只好在魚與熊掌，二者擇一了。古來文化優秀、國力强盛的國家所用的語言，曾經被周圍的鄰國當做國際語使用過。拉丁語在西歐，中國語（書寫的文言）在東亞，都發揮過這種功用。

拉丁語是羅馬帝國的創作。當時歐洲的語言十分複雜，羅馬帝國建國開始時，感到有創造統一的國語，以做爲統治工具的必要，遂採用拉丁姆這個小地方的方言做爲基礎，加以培植推廣，羅馬帝國隆盛時，除了東部還有希臘語通行着，整個西部都爲拉丁語所統一，於是乎拉丁語遂成爲歐洲的國際語，現在的義大利人、法蘭西人、西班牙人、葡萄牙人所使用的語言，可以說都是拉丁語的變種。天主教會又採用它去做傳教的手段，更推廣到世界各國去，眞眞成爲一種國際語了。中國語因爲和韓國國界相鄰，早已進入三韓，又轉入日本，並及琉球、安南、緬甸、暹羅等國，遂被這些國家當做國際交通的語言使用，到了現在，對於他們的國語，還留下相當的影響。例如日本的語言，就一直離不開漢語。明治八年（一八七五年）大槻文彥博士接受文部省的命令，着手編纂，一直到明治十九年（一八八六年），費時十一年纔告完成的、日本第一部有權威、可以永垂不朽的字典「言海」，所搜羅的字彙，據統計所示，內中有百分之六十是日本語，百分之三十八爲漢語，百分之一點五爲外來語；可見漢語在日本語中，所佔勢力，是怎樣的雄厚了。

一種標準語言的推行，需要幾種要素來輔助，第一，主動的機構，要有强大的權力；第二，要有極多數的使用者；第三，要有高深的文化成就和優秀的文學作品，做爲基礎；第四，該種語言，要具備着容易學習的條件。國語如此，國際語也莫不然。那麼，要從現在各種自然語言中，找出一兩種比較具備着上述的要素的，要推那種語言呢？這是個非常值得檢討的問題。

聯合國成立時，指定了中國語、英語、法語、俄語、和西班牙語，做爲該機構的公用語，因爲世界上說這種語言的人數，比其他的語言多。不過如果在這五種語言之中，要再選出一兩種比較具備上述四種條件的，恐怕應該推擧中國語和英語了。先說人口，英語發祥地的英國本國，雖然人口不及六千萬，但說英語的國家，像美國一國，就超過兩億，其他大英國協等國家，合算起來，也有四五億，通共算來，有七八億之多。說中國語的人口，中國本土，就有七億五千萬，再加上新加坡、馬來西亞、香港以及散在各國的華僑，有兩三千萬，合計起來，也在八億左右。說這兩種語言的人口，各佔着全世界總人口的四分之一，不可謂不多。世人常稱美、俄兩國為「軍事大國」，那麼，中、英兩國可以稱爲「語言大國」了。說到文化成就的高深和文學作品的優秀，這兩個國家和其他三個國家比較起來，也是毫無遜色的。至於學習的容易，中國語和英語，在五種語言之中，也是數一數二的。根據語言學家王玉川先生在「中國語文的性質」大作中所說：「耶斯波森在一九〇九年出版的一本書『語言的進步』第一八頁上說：『孤立語如中國語，是站在語言發展的最高層的。』按此處所謂孤立語，卽指分析語。耶斯波森又在一九二六年出版的一本書『英國語言的生長和結構』第十二頁上說：『我以爲，除了中國語言以外，在文明世界上，大概沒有任何語言比英國語言站得更高了。』中國語言是分析的，沒有變形。拉丁語言是綜合的，變形很複雜。英語是介乎中國語與拉丁語之間的，比任何其他歐洲語言都更接近中國語言。……根據耶斯波森的理論，中國語言的確是最進步的。」由此看來，中國語言和英國語言，都很够做爲國際語的資格。不過「萬事俱備，只欠東風」，這兩種語言都缺乏一個主動來推行的強有力的機構。

這是一個無可奈何的事實，除非到了天下大同，整個世界成立了一個統一的政府那一天，沒有任何機構有權力可以指定某一國的國語爲國際語，來加以推行。因爲語言是文化的一種代表，在情感上，任何國家都不願意承認自己的文化劣於他國，因此也不願意讓別的國家的語言去執世界的牛耳。因爲這樣，這個國際語的王座，只好任憑有志一同，自求多福，努力去爭取，最後交給優勝劣敗的天演公例去決定罷了。在一些爭取者中，中國語和英語自然是名列前茅的兩個强者，我以爲兩種語言性質不同，地盤互異，一個支配東方，一個支配西方，兩雄並立，誰也不必想去打倒誰，讓普天下有意在世界舞臺上活躍的人們，除了本國語外，只須學會這兩種標準語言，就可以通行無阻。能否達成這個理想，就要看說這兩種話的人，努力如何了。

一種國語要使它被外國人所樂意學習，樂意使用，必須以使用這種語言的國家在政治上、軍事上、經濟上、和文化上這些背景所構成的國力，做爲它的推動力；同時，努力去使這種語言本身具有適應性和優秀性，讓外國人感到它是一種學習容易，表現正確，運用自由的語言。英、美兩國對於推廣英語，都下過很大的苦心，他們編了許多適合於外國人的課本，攝製許多英語敎學的影片，提供各國的電視臺去採用；尤其是對於語彙的整理，更有顯著的成績。例如奧格登(Ogden)敎授著作「基本英語」(Basic English)，要用八百五十個字來使外國人可以依靠它來表達情意，滿足需要。桑戴克(Thorndike)敎授費了十幾年工夫，調查出一萬個「基礎字彙」(Funbamental Vocabulary)，按照各字的使用頻數(frequency)，加以羅列，使學習的人，知所輕重。又有一個費發西門公司(Feffer and Simons, Inc.)根據桑戴克基礎字彙表中使用頻數最多的五千個字，改寫英、美的名著，上自天文，下至地理，旁及哲學、文學、科學等等，無所不包，叫作「階梯叢書」(Ladder Series)，從懂得一千字起、到五千止的英語的外國人，有優秀的讀物可讀。這個叢書一直逐月出版，效果很大。

我們中國語如果想要跟英語爭一日的雄長，就該急起直追，迎頭趕上，好好把語音、語法、語彙、字形、句型、文體等等，整理一番，再培養一大批優良的中國語教師，以供國內外聘用，纔不致於敗下陣來啊！

（六一年九月二二日「國語日報」）

談光餅·說地名

九月廿九日，中副登出甘雨先生一篇短文，懷念溫州、平陽一帶的光餅，說是戚繼光爲剿倭而創製的，閩中最盛行，本省也偶有製售者，希望溫州同鄉會做光餅的，出來一試。據本人記憶，在六十年前，光餅常和綠豆糕、茯苓糕在本省的糕餅攤上，並列出售，是本省盛行的大衆茶食。後來各種茶點花樣翻新，這些老式食品，都被淘汰，現在就很難看到了。不過在我們幼小時候，每次迎神賽會，光餅這玩意兒，必定會在行列中出現。因爲在神輿的隊伍快要來到以前，一定先有個叫做「報馬仔」的小丑打扮的探子，騎着一匹紙糊的馬兒，手拿一根竹鞭，胸掛一串光餅，在大街小巷往來穿梭，大聲報告大隊人馬的行程，叫大家着手去預備點燭燒香，以迎接神駕；在嚴肅的氣氛中，羼進一點滑稽輕鬆的情調。由這一點來推測，不必等待溫州同鄉，只要找幾位六七十歲的本省餅師，就都能够滿足甘雨先生的要求。不過我以為最好建議聯勤總部，徵召他們來製作，並開講習班，廣為傳授，以充練兵時做為乾糧攜帶，也借此來宣傳戚繼光的精神，豈不比把「田中」站改名「繼光」站，更為具體普遍，而富有意義？

甘雨先生文中，響應某報讀者的提議，認為把「田中」站改名「繼光」站，很有見地；唯對這說法，我却大不謂然。「田中」這個地名，我們祖先原叫「田中央」，是以地勢命名的，日本人嫌它三個字地名太嚕嗦，就把它簡為「田中」，這猶如把「三叉河」省為「三叉」一樣，只求順嘴好叫而已，跟先後兩個惡總理「田中」毫不相干，為什麼要為他們而改名？如果只把鐵路的站名改一改，所關猶小，也還罷了，要是把鎮名也加以更改，就要牽涉到房契地籍等等財產有關憑證的更改，必定把整鎮的人民，攪得天翻地覆了。報載臺北市內名叫陳麗華的，一共有一千二百多人，幸而她們都是窈窕淑女，可以相安無事，萬一出了一個蕩檢踰閑的浪女，或兇狠惡毒的悍婦，大家恥與這個害羣之馬同名，都要申請更改，豈不忙煞區公所的戶籍員？記得有個明星名叫江青，有人以為跟匪婆同名，建議她更改，她認為無此必要，不加採納，結果並沒有影響到她的票房紀錄。因為「這丫頭不是那丫頭」，所謂「藺相如司馬相如，名相如實不相如」也。

咱們的官吏，自古有個通病，總是喜歡把他們認為粗俗的地名，改成他們認為是風雅的，其實本來十分通順，反被他們改得不通了。北平市中，多的是這種例子。譬如「悶葫蘆罐」「繩匠胡同」「狗尾巴胡同」，本來質樸生動，十分有致，他們却把它改爲「蒙福祿舘」「丞相胡同」「高義伯胡同」，改得叫人莫名其妙。日本鬼子一到臺灣，也染上了這種毛病，本來「艋舺」「打猫」「打狗」這些番語地名，都富有粗獷別趣，他們却把它改爲「萬華」「民雄」「高雄」，使它失掉了英雄本色。艋舺初名「莽甲」，乃獨木舟的番語，清朝官吏雅化爲「艋舺」原是因爲獨木舟的輻輳而得名，日據時代由於滄桑之變，成爲羣雌粥粥的風化地區，現在寶斗里還留有當年的流風餘緒，日本人改名「萬華」，一以寫實，一以保存原來的讀法，因爲「萬華」日語念 Banka，和「艋舺」音相近。「民雄」日讀 Tamio，「高雄」日讀 Takao，也保存着「打猫」「打狗」的原音，不算太過離譜。光復後一班半瓶醋的官吏，僅憑自己的鄙見，胡亂更改，更顯得一蟹不如一蟹了。例如「鸜哥石」這個地名，原來是由於附近小山上有塊大石頭，形似鸜鵒，鸜鵒省人叫鸜哥，因而得名，現改「鶯歌」，實在「羌無故實」。「三叉」原是「三叉河」的省稱，由於附近有一條分成三叉的小河而來的，現在誤認「叉」字爲「義」字的簡體，遂「訂正」爲「三義」，顯得武斷而粗心。至於「港仔嘴」原是小港口的意思，現改「江子翠」；「山仔脚」原指的是小山麓，現改「山佳」，諸如此類，不但失却本意，而且叫人莫名其妙，可見地名是不容隨便更改的。所以甘雨先生提倡復興光餅，復興戚繼光精神，我都舉起雙手贊成；至於提議改「田中站」爲「繼光站」，則我就期期以爲不可了。

（六十一年十月三日「中央副刊」）

把報辦好讓你瞧瞧

一份理想的報紙，必須讓讀者感到讀時有趣，讀後有益。不過有趣和有益很難兩全，因而成了一件困難的工作，可是青年戰士報經過唐樹祥社長八年來的慘澹經營，却做到這一點了。記得唐社長在八年前剛接辦本報的時候，因爲它是一張以軍人爲對象的報紙，板板六十四，規規矩矩，道貌儼然，令人不可嚮邇，所以除了部隊以外，一般訂戶是少之又少的。

那個時候，我曾經爲它寫過一篇「我當過 國父的警衛」，刊出了後，我認爲還有些史料的價值，就剪下來寄給「傳記文學」去轉載，該刊告訴我，他們不登二手貨，我說，青年戰士報除了部隊以外，是沒有什麼人看的，轉載無妨。這個話傳到唐社長耳朶去。唐社長告訴我：「你說我們的報沒有什麼人看，我偏要辦成一份普受歡迎的讀物讓你瞧瞧。」於是乎他增加篇幅，整理印刷，刷新版面，增添「新文藝」「每日文粹」「青年園地」「政敎」…………各種副刊，以吸引青年的興趣，於是乎讀者階層，一天比一天廣泛普及，銷售份數，不下於任何大報，眞眞成了一份讀時有趣，讀後有益的讀物了。到了今天，我的嘴雖然被堵住，却並不感到絲毫的難受，反而覺得痛快舒適。

（六十一年十月十日「青年戰士報」）

我參加競選的經驗

要辦好一次選擧，需要三方面的合作，一是主辦機關，二是候選人，三是選擧人。主辦機關要公正、公開，合理、合法；候選人要守法、節約；選擧人要選賢與能。如果這三者都能够朝着各自應走的路線去努力，那麼，這一場選擧，一定成功無疑了。光復以來，每次選擧，我自然都是選擧人，又擔任過將近十次的選擧委員，也參加過兩次的候選人，認爲台灣每次的選擧，一次比一次好，只是候選人中對於守法雖然大都做到，但是對於節約不但做不到，反而越來越趨於浪費，這一點必須大大糾正。現在別的不去說它，只把我做過兩次候選人的經驗，寫出來提供大家參考。也就是所謂「鴛鴦繡好憑君看，又把金針度與君」呀！

我第一次參加競選，是民國三十五年參政員的選擧；當時剛剛光復，政府命令台灣省參議會選出八名參政員，到中央去參政。我正好由北平回到台灣，在連震東兄家裏做食客，還沒有着手去找工作。震東兄鼓勵我參加競選，他說，選得上是一個上上的工作，選不上也得到一個機會，到各縣市去訪問該地選出的參議員，周遊全省一番，也沒有什麼虧吃。當時全省幾十位參議員之中，我只認識楊天賦、丁瑞彬，和洪火鍊三位，又兼在光復前，我在東京住過兩年，北平二十五年，跟台灣完全脫節，這次選舉，非得到十二票不能當選，所以一開始自己就沒有把握，只抱着周遊全省的心情，就登記出馬了。因爲我知道，參加競選，需要四種條件，第一，聲望；第二，情面；第三，勢力；第四，金錢。在當時這四種條件，我一種也沒有，而況登記候選的，有林獻堂、杜聰明、游彌堅、蔡培火，邱念台……等大角色，自然是毫無把握，只是抱着逛埠的心情，聊試一下罷了。

我第一步先回鹿港找我表哥丁瑞彬兄，他指着架上擺的西裝料和一些洋煙酒洋罐頭告訴我，已經來過三個人了，他們多少都帶點禮品來，你「雙手兩片薑」，「兩個肩膀抬一個嘴」，怎麼要得到票呢？我回答他，我是「藥店討人參——有也好，沒也好」的。我從八月九日一清早由台北出發，到十三日半夜裏回台北，通共費時五個整天和四個晚上，花去餐旅費舊台幣二千一百數十元，獲得十票，差兩票沒有當選。這次登記的候選人之中，林獻堂、杜聰明兩先生，既不送禮，也不請託，只憑聲望和情面，結果前者得十四票，後者得十二票，都選上了。另一位花了很多的錢，送了很重的禮，終於以只得七票而落選。這一次的經驗告訴我們，候選人最大的本錢是平素的聲望和良好的社會關係，勢力和金錢所能發生的功效，是不太大的。

這一次是間接選舉，另一次參加的則是直接選舉，方式不同，所以也值得一提。民國五十九年台北市舉辦國大代表和立法委員的增補選，我接受朋友們的慫恿，出來參加競選立法委員。當時我籌到十二萬五千元，揭着「以無錢爲本錢」的標語，就大膽出馬了。出馬以後，由於各報社以及文化界、教育界的人士，十分支持，所以聲勢頗大，在競選進行中，一般親戚朋友看我騎虎難下，所以大家三千、五千，三百、兩百，自動送來援助，資金突又增加一倍，原先小本經營的作風，現在財大氣粗，對於一切必須的開支，也就敢於慷慨解囊，不像開始那麼寒酸了。好在選舉事務所在公開活動前，曾經召集各候選人，開了一次座談會，大家在會中簽訂一個公約，約定「在競選活動期間，一、不張貼海報，二、不私上電台、電視，三、不請客，四、不送物品、金錢；如有違背公約的，除請選舉監督嚴厲取締外，並願受全市選民的唾棄。」

這個公約給候選人減少許多摩擦，省去了不少金錢，確是一件賢明的舉措。除了公約所禁止的以外，餘如自辦講演會，使用宣傳車、撒放傳單、沿門求票等等，却在不禁之列。我除了遵守公約以外，因爲自辦講演會和使用宣傳車兩樣，都很花錢，無力舉行，所以只能在撒放傳單和沿門求票這兩方面下工夫。撒放傳單在我的開銷中，所佔比例最大，効果如何，却是無法證明的；

至於沿門求票，我認爲効力最爲顯著，因爲曾經有古亭區幾位里長帶著我在他們里中，一家一家去拜託，結果這幾個里投給我的票，比任何別的候選人都多得多，這大概就是所謂「見面三分情」所發生的作用吧？至於宣傳車，我素來對它沒有好感，也不相信它的効力，可是在這次競選中，却叫我不敢輕視它。因爲選擧過後，我有一次在公共汽車中，聽到兩位職業小姐正在談論選擧，其中一位小姐說：「我們經理叫我們支持洪炎秋，可是洪炎秋不但不露面，連宣傳車也懶得來禮貌一番，未免瞧不起人。我一天到晚聽到黃玉嬌的宣傳車拜託的聲音，又看見她在講演台上打躬作揖的一副可憐相，所以就把票投給她了。」

我參加競選的情形和心情，大概已經說到了，現在來報告一下我所花費的金額。我從登記到結束，全部花去新台幣貳拾九萬四千五百二十二元；其中二十六萬多元是在選擧結束前花掉的，三萬多元則是當選了後，寄發謝函的郵資和宴請助選人的筵席費。問起那二十六萬多元的去處，分析起來，是印刷品費佔去絕大多數，其次是郵資，再其次是交通費，其他各項，則都是零碎的小數目了。印刷品最難控制，來要的人都表示十分熱心，要替你大力宣傳，你不好拒絕，三千五千份，三萬兩萬張，都不算希奇，有個朋友一開口就要十萬份，我問他要那麼多幹嗎？他說他跟電影院、夜總會、舞廳、茶館、飯莊和酒家，都有密切的關係，一散開去，爲數就很小了。他說的全是實話，你好意思不給嗎？不過，我當選了後，到幫忙的各家去道謝，發見有些人把要去的傳單，整綑堆在桌上，並沒有替你全部分發出去，你能說些什麼呢？所以宣傳品最好不要一下子印的太多，這樣一來，要賣空人情的人，就不好意思老虎大張嘴了。舉此一端，可概其餘；如果控制得好，還是可以省却許多浪費的。

我的競選費用，十分之八九是親友自動的捐助，十分之一二是自己所籌措，後來用退休金歸還。至於各位助選人，也都是無條件出於自願，並且自帶便當，不吃我的飯。所以當選了後，無論在金錢上或精神上，不受到任何壓力，可以有所爲有所不爲，感到十分輕鬆。我僅僅靠了這一點人緣，居然能够在十一人中選出四人的困難情況中，獲得八萬二千數百票而當選，名次僅次於功在國家，名震全台的謝國城兄，實在出乎意料之外。這個結果，證明了我們的社會是有是有非的，並非大家所想像的金錢萬能的時代，還是可以拿「人」來跟「錢」拼的。總言而之，我的當選雖似徼倖，却是台灣的選舉，已經漸上軌道的明證。

（六十一年十月十日「中國時報」）

談安死術

日前高雄醫學院施君鱗同學來訪，邀我爲他們南杏社做一次講演，商量講題的時候，我說，就談談「安死術」吧。施君對安死術三個字感到陌生，說他讀了四年醫學，這是第一次聽到的。我說，這也難怪，咱們中國古來所講的是愼終追遠，腦子裏壓根兒就沒有安死術這個觀念，所以任你遍找中文辭典，是絕對找不到的。它是希臘語 Euthanasia 的日本譯語，因此要找它的定義，必須從日語辭典或英語辭典去查尋。據日語的「廣辭苑」說：「（安死術）對於絕對沒有把握救活的病人，依照本人的希望，使其安樂死的方法。人工使其致死。」英語的「世界書籍百科全書」（The World Book Encyclopedia）說：「（Euthanasia）是讓一個得了無法醫治的、痛苦或困惱的疾病或缺陷的人，獲得不感痛苦的死法。這是由希臘語好或善和死字來的，通常叫做「慈悲的殺人」。自願安樂死發生於一個人要求他的醫生讓他死掉。」

安死術在東洋雖不時興，但古代西方却頗盛行。希臘哲人伊壁鳩魯（Epicurus, 341—270 B. C.），羅馬賢君安東尼・繆斯（Antonius Pius, 86—161）據說都曾經使用過。由於醫聖希波革拉第（Hippocrates, 460—357 B. C.）的大力反對，所以一直到中世紀，一千數百年間，沒有甚麼提倡的人。等到多瑪斯・謨耳的「烏托邦」一出，大家纔又開始注意這一個問題。

英思想家謨耳（Thomas More, 1478—1535）在「烏托邦」說：「這個理想的共和國有一項規定：如果有人得了不治的絕症，或者雖非不治，却會長期使病人感到痛苦的疾病，可由法官會同僧侶說服病人，採用安死術，提早脫離苦海。」英國培根（Francis Bacon 1561—1620）寫的論文也說：「處理一般不治的疾病，可用安死術。恢復健康，免除痛苦，固然是醫生的職務，不過領導病人，平平安安走過美麗的死亡的路上，使他免掉苦惱，也一樣是醫生的職務。」

德國生物學家赫克爾（Ernest H.Haeckel, 1854-1914）在「生命的不可思議」說：「世上有許多得了不治的絕症，怎麼也沒有法子治癒的病人。這種人自己的痛苦，家人的憂煩，那是不用提了，就是爲他花費的私財和公費，也常常達到一筆很大的數目。對於這種不幸的病人，如果給他一包嗎啡，使他可以很愉快地離開塵世，那麼，既可以讓病人擺脫一生的苦惱，又可以使社會免去巨額的無益的耗費，豈非一舉兩得？有一種人，認爲人命關天，必須盡力設法維持，纔合道德，其實這種作爲，並非道德，反而成爲無慈悲，不道德了。」

經鉬堂雜記說：「人在病中，百念灰冷，雖有富貴，欲享不可，反羡貧賤之健者。」隨園詩話有詩句說：「久病方知犬亦仙。」可以表現疾病的痛苦，故有因病自殺者。日本厚生省一九七〇年白皮書指示六十五歲以上的自殺者，由於病苦的最多，佔百分之四十二，其次因孤獨、厭世的佔百分之二十一，其他別的各種原因，都佔少數。

去年七月十九日「時代」週刊法律欄標題「免於痛苦的權利」，說，有七十二歲的馬丁尼老婦人，得了「敗血性貧血病」，住進佛羅里達州海里市一家醫院，由羅伯茲醫師天天在血管開口處輸血，兩月間不堪其苦，要求停止輸血，醫師請法院決定，法院判決說：「我不能決定他的生死，那要看上帝的意志。不過一個人應該有權不忍受痛苦。」醫師乃停止輸血，讓她死去。

去年十二月二十日美聯社哥本哈根電訊說，有兩個弟兄因其母不堪病苦，受其母命，用醫院的牀單，將她絞殺。檢察官查明五十四歲的母親確實屢次要求兩個二十多歲的兒子這樣做，所以只判輕罪，緩刑三個月。

三十多年前日本名記者長尾藻城攻擊醫生爲八十八歲的東鄉平八郎注射食鹽水、葡萄糖；幾年前英國衛生官維克賴反對醫生爲九十歲的艾森豪醫治肺炎而注射抗生素，以苟延其殘喘，認爲沒有意義。

一九五七年奥國因士布魯克大學的海德博士向教宗庇護十二世請示：「遇到昏迷不醒的病人，經專科醫師認爲絕無生望，是否非繼續使用人工呼吸器不可？」教宗回答：「沒有必要。如果全力已盡，病人依然沒有救活的希望，就不必再讓他去苟延殘喘。」不過他又補充說：「最後的決定權，操之於病人的家屬。」

安死術雖然被重病的人和思想家所歡迎，但是倫理學者和醫師却多不表贊同。很多倫理學者都這樣主張：「除了國家對於犯罪者的處刑，是唯一的例外，誰也沒有權利可以剝奪別人的生命。醫師說是由於要終止病人的肉體上的痛苦，不得不使其早離塵世的想法，在道德上是件不可寬恕的罪惡。醫師只是個獻身於自然的公僕，絕不可以自任爲生命的主宰者。」

大家知道，二千三百多年前，醫聖希波革拉第是一位精通醫術又極講醫德的人。他說，醫師掌握着看來好像是縮短苦惱的善良的目的，同時本身又是邪惡的手段的殺人的權力：可是這個權力是不能够隨便用的。他在他的誓文中，寫下了這樣的一條：「我絕對不給任何人可以導致死亡的毒藥，縱令病人熱烈要求，也絕不給。我也絕不參預這種應該排斥的行爲。」

納粹魔王希特勒就是濫用這種「慈悲的殺人」的權力的一個人。納粹政府認爲精神病人是不值得存在的生命，一九四〇年二月間，頒布一道法律，要把精神病人加以消滅，希特勒就在柏林召集了十三個納粹醫師，嚴命他們去對精神病人鑑定他們能否治癒；不能治癒的，一律施以安死術。十三人中有一個醫生在兩個禮拜中，就處死了二千一百零九個人，可見猛烈的一斑。到了次年的夏天，不過一年半，被施行安死術的精神病人，超過六萬。囚遭各方的反對，纔告中止。

咱們的法律雖沒有提到安死術的字眼，却是禁止醫師爲病人施行安死術的。刑法第二百七十五條第一項規定：「教唆或幫助他人使之自殺，或受其囑託或得其承諾而殺之者，處一年以上七年以下有期徒刑。」西洋自希波革拉第以來，多數的醫師，也都不贊成替病人施行安死術，例如一九五〇年十月十七日，由世界四十一個國家的醫師公會的代表所召開的世界醫師公會聯合會，就認爲安死術違反公共利益、醫學原則、自然法則和文明法則，做成了一個反對的議決案。這種醫學的倫理觀念，到了今天，還有相當的影響力。

話雖如此，世界中抱持相反的意見的人，所在都有，尤以美國爲多。十年前美國有一班醫師，建議各州議會，應該分別制定法律，如果具備下列五個條件，可以准許施行安死術：①病人已經到了疾病的末期；②苦惱難忍，而且是永續性而無法治癒的；③病人希望速死，而且的的確確明白熱望；④主治醫師認爲絕難醫治，同時經過其他兩個醫師加以確認的；⑤所患疾病的種類，是法律所規定的。這種疾病的種類，據醫師們的意見，可包括舌癌、由副賢腫而致的多骨轉移、由中彈而致的脊髓損傷、心動脈硬化症、老衰和高度脊椎破裂等等。

一九七〇年四月，聯合國前任秘書長宇譚對聯合國大會提出「有關人權的科學技術的影響」

的報告時，同時請求討論「對於罹患不治之症的病人的生命，現代醫學可否不予拖延，而施以安死術」的提案。他在提案中，引用波蘭外科醫生魯道夫斯基教授的主張說：「如果拖延生命，既無目的，又乏意味的時候，還讓他拖延下去，實屬殘酷；尤以病人希望速死的時候爲然。」他又引用美國的作家戈頓，泰勒的話說：「像這樣的行爲，不但對於病人是很悲慘，就是對於病人的親屬也是十分悲慘。他們不但受到殘酷的精神上的痛苦，而且由於使用高價的藥品和機器，有人一天花費到二百五十美金的。」宇譚的這個提案，聯合國大會以爲玆事體大，意見紛歧，不容易獲得結論，所以就把它一直擱置下來，沒有下文。這個問題是個很現實的大問題，將來醫學更加發達，對於死活的判斷，能够更加準確，總要由法律來給它規定出一個可以遵循的辦法，纔合道理。

英國自從妥瑪斯．謨耳於一五一六年主張安死術合法化以來，大家纔認眞考慮這個問題，一九三一年產生安死術協會，大力宣傳。安死術法案也曾經前後兩次提出議會，都被上院否決。現在世界上只有瑞士一國承認安死術爲合法。他們規定醫師可應病人的要求，給予安死藥，其條件爲：㈠死係不可避免。㈡痛苦激烈難忍。㈢病人熱烈要求。瑞士所頒布的這個法案，雖嫌流於簡略，但如諺語所說「惡法勝於無法。」有了這個基準，以後的立法者，就可以有所依據取捨了。

（六十一年十月十八日「國語日報」）

文學的科學研究法

前東南大學顧實教授說：「今世通談，以文學與科學相對立，表示心之活動力有二大派，文學爲情志之活動，科學爲知識之活動。然屬於研究文學者，則仍科學之事也。」英國詩人兼批評家阿巴克隆比（Lascelles Abercrombie, 1881—1938）說：「在文學的曠野中活動的有三種人：㈠栽種花木的人，㈡玩賞花木的人，㈢研究花木的人。」文藝心理學者朱光潛則說：「我們心對物有三種態度：㈠玩味事物的作用，即美感的態度；㈡知悉事物的作用，即科學的態度；㈢利用事物的作用，即實用的態度。」根據三位學者的高見，文學領域中的活動，計有四種㈠創作，㈡欣賞，㈢研究，㈣利用。這四種活動，本來互有關聯，很難完全分開的，不過本文爲了方便起見，僅僅討論研究的活動，而撇開其他三種。

無論任何學問，提起研究，就必須採取科學的態度，運用科學的方法，文學的研究，自然也不能例外。那麼，甚麼是科學的態度和方法呢？這可以用胡適之先生的「大膽假設，小心求證」八個字來表達。文學的研究，可以約略分成兩大類別，其一爲抽象的研究，其二爲具體的研究。前者以廣汎的所謂文學的現象做爲研究的對象，探討甚麼是文學，文學裏面有甚麼共通的原理原則諸如此類的問題；後者則以特定的文學作品做爲對象，而加以研究。具體的研究更可以分成四方面：㈠本文的研究（Text Study or Textual Criticism）：就是校讐學，有人叫做斠讐學或校勘學。這種研究的目的，在於恢復作者本來的眞面目。㈡訓詁的、注釋的研究：這種研究的目的，在於對本文所使用的字句、文法、修辭等方面，給予正確的解釋。㈢文化史的研究：或叫文獻學的研究，這是以文學作品做爲資料，來闡明產生那部作品的時代的文化現象。㈣純文學的研究：這種研究可以再分爲兩個部門：（甲）文學的歷史方面的研究，（乙）文學的價值方面的研究。前者純以客觀的態度，來處理作品有關的客觀事實，所以有人叫它客觀的研究；後者對於作品的價值的評定，難免有見仁見智的不同，自然會羼入批評家的主觀的見解，所以又名主觀的研究。

總而言之，無論哪一種文學的研究，都是離不開科學方法，其中以校讐的研究和訓詁的研究，關係最爲密切，因爲這兩種研究處處都要你拿出證據來，所以合稱爲考證學或考據學，這種學問的歷程，完全符合科學精神。辭海說：「考據亦稱考證，謂研究古籍字義，及歷代之名物、典章、制度等，一一考核辨證，確鑿而有徵者也。……此學研究古籍之方法，大別之可分爲訓詁與校勘二種；前者是字義之整理貫通，後者是本文之釐正也。」我們先談談校讐學，據劉向的別錄說：「一人讀書，校其上下，得謬誤爲校；一人持本，一人讀書，若怨家相對爲讐」這是一種綜合群書，比勘其文字、篇籍的異同，正其誤訛的學問。王叔岷的斠讐學說：「斠書之目的，在復其本來面目，所據版本愈古，愈接近其本來面目。底本旣定，然後以他本輔之，此斠書最基本之條件。」現在再來談談訓詁學，晉郭璞的爾雅釋詁注說：「釋詁所以釋古今之異言，通方俗之殊語。」淸陳灃的東塾讀書記發揮得更明白說：「時有古今，猶地有東西南北，相隔遠，則言語不通矣。地遠則有翻譯，時遠則有訓詁。有翻譯則能使別國如鄉鄰，有訓詁則能使古今如旦暮。」張之洞的輶軒語則說：「讀經宜明訓詁，詁者古言也，謂以今語解古語；訓者順也，此逐句解釋者也。」前面已經說過，訓詁學和校讐學合稱考據學或考證學，處處要你拿出證據來的。文學上的這兩方面的研究，必須時時刻刻「大膽假設，小心求證」，非採取科學態度，運用科學方法不可；現在擧一個例子來說明吧。

我們讀到唐韓愈的「杏花兩株能紅白」和宋唐庚的「桃花能紅李能白」這兩句詩的時候，對於句中「能」字的解釋，通常是會發生疑問的，因爲這個「能」字絕不能够當做「能够」的

「能」字講。我們想來想去，就「大膽假設」它是近代常用的「恁」字的祖宗，也就是現在所說的「那麼樣」「這樣的」的意思。不過「空口無憑」，必須「有書爲據」，方能服人，於是乎必須去做「小心求證」的工夫了。在求證的過程中，我們發見古代的方言中，表示「那麼樣」「這樣的」字眼，有「寧馨」「能亨」「能」這一連串的演變。晉書：「王衍總角嘗造山濤，濤曰：『何物老嫗，生寧馨兒？然誤天下蒼生者，未必非此人也。』」南史前廢帝紀：「太后疾篤，遣呼帝，帝不往。太后怒，語侍者曰：『將刀來，破我腹，那得生寧馨兒？』」桑榆雜錄說：「寧，猶言如此，馨，語助也。」明方以智通雅諺源：「寧馨，今云能亨。」清翟灝通俗篇語句：「能亨，如此也。宋周密癸辛雜誌：『天臺徐淵子一剪梅詞云：他年青史總無名，你也能亨，我也能亨。自注：能亨，方言。』」宋范成大詩：「菱母尚能瘦，竹孫如許肥。」方岳喜遷鶯詞：「怎乾坤許大，英雄能少？」清劉淇助字辨略說：「此能字與恁同，亦可作去聲，方言箇樣也。」有了這麼多的證據，那麼，前面的假設就可以成立了。

文學的這種求證的研究，完全採的是科學所用的歸納法。歸納法 (Inductive Method) 和演繹法 (Deductive Method) 是兩種相反相成的科學方法，前者是由未知以求知，後者是從已知以解釋未知。梁啓超清代學術概論說：「清儒之治學，純用歸納法，純用科學精神，此法此精神，果用何種程序始能表現耶？第一步，必先留心觀察事物，覰出某點某點有應特別注意之價值；第二步，既注意於一事項，則凡與此一事項同類者或相關者，皆羅列比較以研究之；第三步，比較研究的結果，立出自己一種意見；第四步，根據此種意見，更從正面、旁面、反面而博求證據，證據備則𣸣為定說，遇有力之反證，則棄之。現今一切科學之成立，皆循此步驟，而清考證家之每立一說，亦必循此步驟也。」

現在再舉一個例子，加以說明，以供參考。我們讀到白居易詩句：「馬上涼於牀上坐，綠槐風透紫蕉衫。」杜牧詩句：「停車坐愛楓林晚，霜葉紅於二月花。」在這兩首詩中的「涼於」「紅於」的「於」字，是有應該特別注意的價值的，於是乎羅列出同類的句子來加以比較研究，如論語先進：「季氏富於周公。」論語子張：「子貢賢於仲尼。」禮記檀弓：「苛政猛於虎。」孟子梁惠王「王如知此，則無望民之多於鄰國也。」史記武安侯列傳：「此所謂枝大於本，脛大於股，不折必披。」我們比較研究的結果，就下了一個假設說：「凡是『於』字用在形容詞下面的時候，是表示那個形容詞的比較級。」我們下了這個假設以後，再去找找看有沒有反證；沒有反證，這個假設就成立了。這就是歸納法的步驟，可以證明文學的研究，不但可以，而且必須採用科學的研究法。

（筆者附言）這篇高頭講章，原是我在臺大中文系，教授一年級新生文學概論時，所準備的補充教材的腹稿的一部分。前年正月我當選了立法委員，就「依例自退」，向臺大申請退休，奉准了後，正當學年中間，只好把所教的功課，繼續兼任下去。去年學年開始時，文學概論這一門，學校還沒有找到適當的繼任者，叫我暫時再兼一年，到了本學年，請得黃得時教授接任，我纔得以向服務將近五十年的杏壇，完全告別。離開杏壇以後，雖然輕鬆了許多，但內心總覺得好像丟掉了一件甚麼似的，始終感到不大自在，十分寂寞，有時也難免興起髀肉復生的嘆息。只好向壁虛構，無的放矢，把準備要向學生說的話，寫在紙上，聊以滿足自己望梅止渴，畫餅充饑的心情。這個做法如果不會引起讀者的厭惡，以後還可以陸續寫出一些，否則的話，只好讓它們胎死腹中了。

（六一年十一月二日「國語日報」）

一個急需答案的問題

十一月四日聯合報薇薇夫人專欄登着一篇文章這樣說：「前些時讀洪炎秋先生談的『安死術』後，不禁尋思良久，當自己『沒有能力』決定自己的生死時，眞給他的親人留下難題。『安死術』就是說一個患了不治之症的人，與其痛苦的活着，不如由醫師『施術』讓他早些脫離苦境。可是大部分醫師並不同意這種解脫的方式，他們是只問救人，不問這人活着是否痛苦，是否拖累別人，是否有價値。當然，病人的家屬也不忍心同意。

「臺大醫院的一對連體女嬰，最近經醫師檢查，情況良好，並且已經懂得對照顧她們的護士微笑。醫院爲她們不僅盡人力，也盡物力，她們要特別住在消過毒的無菌室裏，如果情況好，馬上就要注射各種預防疫苗，這些對醫院都是沉重的負擔。她們的父母也許想到這對畸形女兒未來的痛苦，竟無勇氣露面。而由於不能分割，在醫學上已經沒有研究價值，醫院當然也不能養育她們太長的日子。

「我不禁杞人憂天，她們的生命意義又在那裏？可以想見的，如果她們能活到懂事的年齡，痛苦就會緊纏着直到終生。不能享受到正常人的歡樂，甚至也不能像正常人一樣盡做人的義務。……而最嚴重的是她們的心理怎樣能忍受這種與衆不同的形狀？

「醫生救了她們的命，但是不是把她們推向更痛苦的深淵？如果在發現她們的畸形後，就讓她們離開這正常人都叫苦的世界，是否更仁慈？這大概也像『安死術』一樣，是個得不到確切答案的問題吧。」

是的，這是一個很難得到確切答案的問題，但是它又是一個嚴重而緊迫的必須獲得確切答案的問題。這個問題，如果在她們剛剛出生的時候，可以由接生的醫師和她們的父母商量處理，現在既已公開出來，只可由社會和法律來解決了。我提議由臺大醫院邀請政府主管、法律權威、宗教首領、倫理學家以及她們的父母，集會研究，得到結論以後，提請政府，制定法律，以便遵循。因爲這類案子，雖屬僅有，却非絕無，如能趁此機會，制定一套法律，則便利後人的功用，是很大的。假定大家認爲可以施行安死術，斷絕後患，則事情很簡單；如果認爲必須讓她們一直活下去，那麼，對於她們的養育和培植，應該由何人或甚麼機構，去擔負這個責任，也必須有法律的根據。這類的事情，一個要使每個人民各得其所的政府，是不能閉着眼睛不管的。三千年前一個專制君主殷高宗，尚且懂得說：「一夫不獲，是予之辜。」現代的民主大官，可以連這點都不理會嗎？

記得一九六九年三月號中文版讀者文摘，登着一篇題名「吾兒之死」的文章，敍述一位牧師在痛苦爲難中，讓不幸的兒子安然死去的經過。文章很長，只好節錄它的要點，抄供考慮這個問題的人們參考。筆者名叫叔林（A. David Sholin），他的太太叫瑙瑪，兒子叫亞倫。以下是他的原文的節錄：

「……他一生出來，生理上便有嚴重的阻礙，醫生要他死，我只好同意。……這左右爲難的情況，沒有時間之分，二十年前難以解決，到了今日依然棘手。問題是，孩子若是要像一塊木頭一樣，在人間過一輩子，做父母的應該如何做主。……亞倫不會吮乳，不會握拳，脚不會踢，凡嬰兒自動會做的事情他都不會。……原來亞倫一生下來就有生命的危險了。

「我們的孩子已經放在保溫箱。醫生要我延請我們的小兒科醫生。……這位小兒科醫生證實了產婦科醫生的話，嬰兒心智受損，身體孱弱。醫生說，即使能活下去，也是三分像人，七分像木頭。……瑙瑪等喂奶，却不見人家把孩子抱過來，就知道一定有甚麼不對了。……他出生後的頭兩個星期，我是痲木的。……日子一天一天拖過去，瑙瑪還是非常痛苦。……有一天早晨，我正要離開育嬰院，小兒科醫生把我拉到一旁。『你家少爺對外界沒有反應，一點反應也沒有。』他說。……聽他講下去，我懂得他的意思：如果亞倫不能靠自己的力量生存，就不必再活下去了。

「我從未做過比這次更困難的決定。瑙瑪還不能幫我甚麼忙。我愛我的嬰兒，但是我知道，我愛的是我們所盼望的兒子，不是現在這個悶睡不醒的孩子。……我答應醫生把他從氧氣罩裏抱出來。……過了三天，他在酣睡中死去。我和醫生商談的那一天，就把我的主張告訴了瑙瑪。她一向經得起打擊，聽了這個消息，也就逆來順受了。……近幾年來醫學突飛猛晋，可使早就應該聽其死亡的人仍然維持生命。……一個與外界不能發生任何反應的孩子出世，我相信我們就應該爲那個孩子的家人設想。

「顯然的，這個問題並不以兒童爲限。我記得我有一次站在一位教友牀邊，他已經上了年紀，患的是癌症，極爲痛苦，慢慢地等死。醫生用盡一切力量，延長他的生命。他從昏迷中醒來，勉强睜開眼睛問：『你們讓我這樣受罪，還要有多久？』他是死定了，但是沒有人肯讓他死……照我們的法律觀點，醫生和我沒有盡全力維持亞倫的生命。我們可能因此而被控，可是迄今並沒有人說話，沒有人過問。天天都有人需要做像這樣悲慘的決定。我覺得有正當的理由，不得不做這種決定的人，算不得犯法。

「……醫藥發達到現在這個地步，我們也該重新制訂法律，來助人決定誰該活下去，誰該死了。……我既非律師，也非立法者，但是我確信立法機關應該通過法案，確認對環境不能反應的病人，沒有延長其生命的必要。……我相信，上帝要我們善用知識與理性，來進一步控制人類的生命與死亡。……」

這篇文章是出於一位基督教牧師的手筆，他的主張深合於中庸所說的：「故天之生物也，必因其材而篤焉，故栽者培之，傾者覆之。」的儒道；也深合於法句譬喻經所說的：「有四比丘，坐於樹下，共相問言，一切世間，何者最苦。……佛言：『比丘，汝等所論，不究苦義。天下之苦，莫過有身。飢渴、寒熱、瞋恚、驚怖、欲怨之禍，皆由於身。夫身者，衆苦之本，禍患之元。……欲離世苦，當求寂滅。』」的佛法，是一篇很值得玩味的文字，特為錄出，以供研討。

（六十一年十一月九日「國語日報」）

答中文系新生問

日前靜宜女子文理學院中國文學系新生陳牡丹小姐來了一封信，要我指點她，此去四年，應該怎樣攻讀。我心裏想，這個問題相當大，不是一封信可以答覆得了的，就回信告訴她，請她向授課的老師當面請教。信覆了後，我覺得這樣處理，似乎過於取巧，不够親切，而且懷抱這個心情的新生，恐怕不只她一個人，同時社會人士對於中文系葫蘆裏賣的是甚麼藥，也時常發生疑問，所以就在這裏補行答覆一下。

元史儒學傳序曾經說過：「前代史傳，皆以儒學之士，分而爲二：以經學顓門者爲儒林，以文章名家者爲文苑。」這幾句話可以做爲中文系的學生的指針。進入中文系的人，可以說有兩種目標：一種是研究漢學（Sinology），預備做一個學者（Scholar），也就是做一個對於中國古來的經、史、子、集各部門的古典，學有專長的漢學家（Sinologist），有成就的人，可以入歷史中的儒林傳；另一種是攻讀文學（Literature），預備做一個作家（Writer），也就是想要做一個詩人（Poet）、小說家（Novelist）、戲劇家（Dramatist）、散文家（Essayist）或文藝批評家（Literary Critic），有成就的人，可以入歷史中的文苑傳。

我國教育部頒布的大學中國文學系課程標準，偏重在學者的養成，而忽略作家的培植。這也難怪，因爲學者可以由老師「教」出，而作家只好靠自己「練」成。進了中文系而想在文苑傳中得到一點地位，除了正課以外，應該自己在課外對於古今中外的優秀文學作品的閱讀，和寫作的學習，多下工夫，纔能達到目的。對這一點，我幾年前曾經爲「中國語文」寫過一篇「作家的修養」，頗爲詳盡；這篇文章曾經收入中央書局出版的「又來廢話」，也被本（十一）月號的「中國文選」所選載，請少看一場電影，掏出十四元或十二元，隨便買一本回去看看，當能值回書價，不至大呼上當，這裏恕我不再囉嗦了。

至於想做學者，只要按步就班，依照規定的課程，埋頭苦幹，挨過四年光陰，自能打好一個結實的基礎，此後繼續進研究所，或出社會努力自修，當能有所成就。這四年中的課程，有些是共同必修科，有些是自己選修課，都不必去管它，現在只把本學年教育部新規定的必修科目，向大家報告一下：第一年級過去只有共同必修科目，並沒有本系自己的功課，這次却添了「國學導讀」和「文學概論」兩門，各四個學分（每週每學期上課一小時爲一個學分），都是必修科目，這個措施比舊的部定標準，高明得多，因爲學生一入本系，就可以由這兩門課，對於「國學」和「文學」，了解一個大概，對於未來的研修，是很有幫助的。

第二年級「歷代文選」「中國文學史」「文字學」都是四至六學分，「專書選讀」四至八學分，「詩選」六學分；這比舊標準多了一門「專書選讀」，而少了六學分的「中國哲學史」。第三年級「歷代文選」四至六學分，「中國文學史」四至零學分，「聲韻學」六學分，「訓詁學」三至四學分，「專書選讀」四至八學分，「詞曲選」二至四學分，「小說選」或「戲劇選」任選一門，都是二至四學分；這比舊標準多了一門「小說選」或「戲劇選」。第四年級「訓詁學」三至四學分，「專書選讀」二至四學分，「詞曲選」二至四學分，「中國思想史」六學分。這比舊標準多了「詞曲選」和「中國思想史」兩門功課。在表面看來，新標準好像比舊標準分量多了一點，其實不然；因爲舊標準每門功課大都是以六學分爲準，而新標準許多功課卻可以減少爲四學分，所以學生的負擔反而減輕。這就是部定的中文系必修的功課，這裏面有「專書選讀」一門功課，所佔分量頗重，到底選讀一些甚麼，值得提出檢討一番。

新頒的課程標準「專書選讀」備註欄中註明：「書目詳附註。」可是並沒有附注出來，大約是挑選的人還交不了卷的緣故。好在舊的課程標準卻寫得十分清楚，將來就是有些改動，恐怕也改動不到那兒去，所以把它抄出，以供參考。它分成五類，是按照經、子、史、集和批評分的，每門功課都定爲六學分，其㊀是「論語、孟子」「周易」「尙書」「禮記」「詩」「春秋左氏傳附國語」；其㊁是「荀子」「老子」「莊子」「管子」「韓非子」「呂氏春秋」「淮南子」；其㊂是「史記」「漢書」「後漢書、三國志」其㊃是「楚辭、文選」「杜詩」「韓柳文並及其他名詩文專集」；其㊄是「史通」「文心雕龍」。將來修習學分，可能改爲每門功課四至六學分，因爲新標準「專書選讀」四年必修定爲十二至十八學分。

看了這份書單和前面所舉的科目表，就可以知道中文系所要直接給你的，是些甚麼；也可以證實我前面所說的「中國文學系的課程標準，偏重在學者的養成，而忽略作家的培植」的話了。其實學者和作家，對於中國文化的維持和推廣，猶如車的兩輪，鳥的兩翼，是缺一不可的。無奈文人相輕，自古已然，學者常看輕作家，而作家更藐視學者。漢王充論衡書解篇說：「著作者爲文儒，說經者爲世儒；世儒業易，故世人學之。」佚文篇更說：「論發胸臆，文成手中，非說經藝之人所能爲也。」宋周敦頤則說：「不知務道德，而第以文辭爲能者，藝焉而已。」清黃宗羲論文管見也說：「文必本之六經，始有根本。」凡屬此類議論，皆屬一偏之見，遠不如桐城派古文開山祖師姚鼐所說，比較平穩，堪爲中文系學生遵循。他復秦峴山書這樣說：「鼐嘗謂天下學問文章之事，有義理、文章、考據之分，異趨而同爲不可廢。……凡執其所爲而訾其所不爲，皆陋也，必兼收之乃足爲善」

（六十一年十一月十五日「國語日報」）

「日日談」選

電視該有國語教學節目

近代大衆傳佈的工具，花樣百出，無奇不有，但是其中力量最大，影響最深的，應該推電視。因爲別的傳佈工具，有的只可訴之於視覺，有的只可訴之於聽覺，唯有電視，既能悅耳，又能娛目，視聽並行，所以效果特高。試看日本這次參議員的改選，自由民主黨推出了兩個電視的諧星，做爲候選人，結果兩人都以壓倒的多數票當選，就是最好的證明。這是因爲他們都能夠通過電視，以詼諧的動作，幽默的言詞，來使觀衆認識他們的機智；贏得他們的擁護，自是勢所必然的。臺灣的「矮仔福」，聽說是高農的畢業生，夠資格向考選部申請爲省市議員的候選人，如果他把戶口遷來臺北，明年參加市議員選擧，相信不但不需要特別宣傳，而且當選的可能性一定很大。

電視既然有那麼大的力量，在　總統大力提倡教育的今天，應該多多加進一些教育的節目，至少應該有幾分鐘國語教學的時間，這不但對國家民族的團結，有很大的貢獻，並且可以獲得觀衆的歡迎。拿最淺的例子來說吧，再過兩個月，國校一年級新生就要入學了，他們一入學校，就要讀國語首册，從ㄅㄆㄇ和四聲學起，做家長的因爲荒疏已久，不能加以指導，幫他們學習，顯得很沒面子，如果電視有這種節目，幫他們維持原有的權威，哪有不受歡迎的道理？

（五十七年七月二十三日）

人材的外流和回流

報載中央研究院預定從五十八年到六十七年這十年中，要撥出六億元（該院原有預算每年只有二千萬元）的經費，來遂行研究和訓練的雙重任務。這是一個令人興奮的計畫，在這個學術猛進，一日千里的時代，我們的研究機構如果不急起直追，則已經落後的狀態，自必更加落後，所以這個計畫，可以說是切中時弊的。

學術的研究，必須有人材來執行，因此人材的訓練，是一個基礎的要件。不過訓練人材，需要相當的時日，遠水救不了近火，所以應該設法吸收外流的人材，纔是捷徑。這些外流的人材，已經由人家代爲訓練好了，他們回來，馬上可以從事研究的工作，同時也可以擔當訓練的任務，用處很大，應該重視。但是吸收人材第一要提高他們的待遇，使他們的報酬，足以仰事俯畜，不再爲美金所誘惑；第二要改善他們的研究環境，使他們能够按照自己的計畫，從心所欲去遂行研究計畫，不必爲表格以及其他瑣屑的行政手續所困擾；第三要儘可能供給他們研究上所需要的設備，並設法使他們研究的成果，能够發表，可以在世界的學術上有所表現。上述第一項優厚的美金待遇可以使我們的人材外流，但是第二項良好的工作環境和第三項足够的研究設備，再匯合他們愛國家、愛民族的心懷，也足可以抵銷前者，而使他們回流。

（五十七年七年三十日）

榜首的暗示

今年大專院校聯考的結果，四組的榜首已經由聯招會發表了：甲組施純清，乙組施蓬雨，丙組李瑞崧，丁組林明英，我們除了向這四位獲得榮譽的好學生致賀外，可以從這個結果，得到一些暗示，堪供辦教育的人士參考。

第一點，據這四位對記者所發表的談話，使我們知道他們都是平日注意聽講，並不參加惡性補習，可見惡性補習沒有什麼太大的用處。曾國藩說過：「爲學譬如燉肉，須用慢火細溫。」勞史也說；「爲學不可躁急，須耐勤苦，深助自得。」都是告訴我們，平素耐心攻讀，根基纔能深固；倚靠惡補的生吞活剝，猛火煎熬，縱使一時表現功效，結果是「其進銳也其退速」，沒有持久的用處。

第二點，由地域的分配來看，四位之中，有兩位出身於臺灣省的彰化中學和嘉義中學，兩位出身於臺北市的建國中學和北一女中，這四個學校都以教學認眞，訓導嚴格出名的。這可使我們知道，要有好學生，必須先辦好學校，所謂「蓬生痲中，不扶自直」，就是這個意思。

第三點，四位榜首，都是本省藉的學生，這證明了「有敎無類」的眞理。光復當初，臺大入學考試的成績，臺籍生比內地生平均差二十多分，現在這個差距不但拉平，而且臺籍生產生了出類拔萃的人材，可見敎育的力量是多麼大，多麼値得下功夫呢！

（五十七年八月六日）

不可「刻舟求劍」

呂氏春秋載着一個故事說，有人過江，從船上把劍掉到河裏，他趕緊在船舷掉劍的地方，刻了一道印痕，船到岸的時候，他叫人從那道印痕的地方下江去找劍；他不知道船走了，劍不會在水底跟着走，所以他找不到劍。這個「刻舟求劍」的故事，和「膠柱鼓瑟」一樣，都是用以譏刺人們拘泥形式的可笑。

報載國立編譯舘委託一位留美學人，編輯一部大學用的心理學教科書，依照合同，要先付一部分定金，可是照外貿會規定，外國稿子沒有寄來，不能批准外滙，結果這部書編不成了。又，去年夏威夷大學一位留美的愛國教授，通知本報，說共匪編下兩部「漢語課本」，在美大力推銷，叫本報發起，也編一部來抵制它。本報想把那兩部書買來看看，好研究抵制的計畫，也是因爲於法不合，不能購買。我們因爲不能閉門造車，只好移請立法院教育委員會的委員去處理。

共匪紅衞兵大鬧香港的時候，香港好些廠商想要轉移陣地，搬來臺灣經營，後來大家感到主管太多，手續太繁，以致不得其門而入；而新嘉坡政府則乘機而入，派人到香港拉攏，給與優厚的條件，替他們辦理各種手續，所以很多資金轉移到他們那裏去了。現在世局，瞬息萬變，高級主管應該大處落墨，臨機應變，不可老聽任科員先生「刻舟求劍」，纔不致於誤事

（五十七年八月十三日）

國法與敎規

「人隨國法草隨風」這句諺語是要告訴我們，所有的人民必須在國法的前面低頭，如同所有的草必須在風下低頭一樣。自憲法、法律、以至各級政府所頒布的政令，都屬國法，都是個人和團體所不能違犯的；敎徒和敎會，自然不能例外。譬如回敎是准許多妻的，假使我國的回敎徒，也要依照敎規，去多置幾房妻室，就有吃官司的可能。

報載最近有一個傳敎的安息日會的牧師，認爲星期六是安息日，依照敎規，必須停止一切的工作，於是不讓他的敎徒的子女在星期六上學，使學校大受困擾，只好呈請主管官廳加以制止。對於這一樁事，我們認爲主管官廳必須依法嚴予制止，不可有絲毫的姑息，以免效尤；而各宗敎的傳敎士，也必須遵從當地法令，不可固守敎規，逕予違抗。這樣纔能够獲致同情，纔能够使他要傳的教旨，更容易推行。

大家知道，天主教的教徒，星期五是不能吃用肉類的，可是對於用體力的工人和用腦力的學生，却准許例外。回教徒是不能吃猪肉的，可是在民國以前，如果做到二品以上的大官，應酬多了，甚至有時要參加御宴，不吃猪肉，必會感到許多不便，所以也准其例外。這種權變，傳教的人必須懂得。

（五十七年八月二十日）

再談國法和教規

上星期二的「日日談」談到安息日會的牧師，禁止教徒的子女星期六去上學，主張主管官廳應該予以制止；這是由於這個措施，妨害了義務教育的推行，違反國法的緣故。不意有一位讀者誤會這是主張禁止「宗教信仰的自由」，他說：『法律是人爲的。……安息日信徒星期六祈禱，可以給予公假，回教徒星期五祈禱，自然也應給予公假，如果法律並未如此規定，報紙應積極倡導去作此種立法，怎可呼籲官廳嚴予制止呢？』

也許還有和這位讀者抱着同樣誤會的人，所以順便在此把我們的立場說明一下：㊀我們不但擁護宗教信仰的自由，而且擁護一切的自由；不過我們除了遵守穆勒自由論所主張的「行使自由，不能妨礙別人的自由」的原則以外，還主張行使自由，不能違犯法令。㊁我們同意「法律是人爲的」，可以修改；不過也相信「敎規也是人爲的，可以因時制宜」。假使敎規是神創的，那麼，宇宙上只有一位神，怎麼會創出那麼多不同的敎規來呢？㊂法律可以修改，但在沒有修改以前，大家必須遵守。㊃法律和敎規衝突時，只能委屈敎規去遵重法律，不能勉强法律去順從敎規，因爲法律是全國性的規範，而敎規只是部分信者的約束，不能够輕重倒置。

（五十七年八月二十七日）

勉國中新生

這幾天是國中新生註册的日子，註册完了，就可以由小學生變成中學生了。早先要經過兩三年惡補的煎熬，纔能够通過「試驗地獄」，達到目的，現在却可以安安穩穩，直上青雲；這是完全出自我們　總統的德意。　總統認爲以後的世界必定越變越複雜，生活必定越來越困難，如果不把義務教育延長，恐怕青年們沒有能力可以在這個競爭劇烈的社會生存下去，因此排除種種的異議，打破重重的難關，來使大家多得三年的教育。

爲了報答　總統的德意，國中的新同學一入校門，必須立志去力學敦品，來爲國家開拓前途。前清最後的狀元而爲民國做了很多大事的張謇說過：「國家前途，捨學子無望；學子前途，捨敦行力學無望。」可見這一代青年的責任是多麼重大啊！

要敦行力學，應該從入國中的第一天起，立下志願才行，王陽明說：「志不立，天下無可成之事。」所以立志最爲要緊。明朝大儒胡居仁說：「今人學不進者，多歸咎於天資，是自棄也。」有志氣的人不會自棄，同時能克服天資的不足，而學問也會進步。國中新同學剛一入學，碰到好些新的功課，也許一時感到眼花撩亂，其實沒有甚麼，只要循序漸進，都能懂得。張之洞說：「不貴多，貴眞；不貴猛，貴有恆；不貴强記，貴能解。」這幾句話，可做以後力學的箴言。

（五十七年九月三日）

恭讀　總統訓詞有感

昨天　總統對國民教育九年制開始實施及國民中學開學典禮，頒佈了一篇博大精深、懇切周到的訓詞，凡是國中的校長、師生、和家長，都應該奉爲圭臬，去身體力行，纔對得起他老人家的盛意。

第一，在內容上，我們要注意訓詞中說的：「九年制的國民教育，亦非徒爲教育時間的延長，就學機會的普及與均等，更重要的，乃爲國民教育內容的充實與本質的改進。」由此可知，此後的國中，如果不努力去充實內容和改進本質，那麼，時間雖然延長，機會雖然均等，也是無濟於事的。

其次，在方法上，要我們「以啓發代替注入，以誘導代替强制，以偉大的愛心與耐力，來啓發學生的思考力、判斷力、與創造力，從而激發學生的愛國心、公德心、與對國家和社會的責任心！」從這裏面我們可以知道，過去那種塡鴨式的敎學法，是完全要不得的，應該改採啓發和誘導的方式，來使學生自動把「潛力」發揮出來。

最後，在目標上，要我們：「消弭『升學主義』的自私，根絕『惡性補習』的病痛，使我們的國民教育，邁向健全活潑，創造一種全新的生活，亦以造成國家一個全新的時代，與全新的生命！」可見升學主義和惡性補習，對於我們新國家的建設，是多麼有害，多麼應該防範根除了。

（五十七年九月十日）

「東京方式」的加價

日本東京都的自來水費，據稱是全國最便宜的，東京都廳每天要爲它負擔四千多萬日幣（約合新臺幣五百萬元）的虧損，長此下去，自來水廠勢非關門不可，因此決定加價維持。這次的加價，高達百分之四十二・五，照理來說，公用事業的加價，中外一體，總要遭遇很大的阻力，至少要受到輿論的攻擊。可是各報對於這次的大幅加價，不但未表反對，連素以譁衆取寵、前進自許的東京朝日新聞，竟於八月二十六日夕刊專欄「今日的問題」中，用「東京方式」的標題加以介紹，隱隱約約有替它說服都民的跡象。

這次東京水費的加價，值得稱揚的地方，是它把用戶分爲純消費用戶和靠水營利用戶的兩大類，而課以不同的水費。靠水營利的用戶，可以羊毛出在羊身上，多負擔些是不在乎的。至於估百分之五十六・二的純消費用戶的水費，也有極其合理的安排，不但幾乎沒有受到加價的影響，反而有些佔到便宜的。例如它規定「生活保護家庭」（受公家救濟的用戶）和「母子家庭」（由寡婦養育兒女的用戶），依其人口的多寡，在某一限度內用水，可以完全免費，表現出十分濃厚的社會政策的氣味。現在服務公用事業的許多受過三民主義訓練的官吏，在他們紛紛領導加價的時候，「東京方式」，似乎值得拿來參考一下。

（五十七年九月十七日）

養女會應予維持

泛濫於全省的許多黃色罪惡，大都是由養母當導演，以養女充主角而演出的，因此很多人認爲這是臺灣特有的劣習，紛紛倡議，設法剷除。其實這是「不揣其本，而齊其末」、「只見森林、不見樹木」的看法，並不切合實際。須知收養子女，以補五倫的缺憾，本來是人類出於天性的行爲，未可厚非。二千年前的詩經，就曾經用「螟蛉有子，蜾蠃負之」的句子，來做爲收養子女的比喻，可見這個制度，是「古已有之」的。不但現在的民法中，規定「養子女與養父母之關係，與婚生子女同」，而且有很多「情踰骨肉」的實例，在社會上存在着。最近被表彰的十大女青年中，就有一位極其出色的女法官，是由非常貧窮的養母培植出來的。

收養子女既然合情合法，自然是不能禁止的制度，因此，我們只能設法防止其流弊，消滅其

敬告讀者：

本書增訂重刊，雖再三精校，仍發現若干意外之錯誤。其中因字形幾希之差失校外，脫漏顛倒，全爲手民拼版粗心所致。經此次勘誤後，偶有一二古字或相通相同之字外，錯漏及俗字，可謂絕無僅有。倘蒙其他指正，當以本書奉酬。

惡果而已；孔子說：「我欲載之空言，不如見之於行事之深切著明也。」我們監察院提出糾舉，立法院醞釀制法，行政院下令取締，都不免流於「空言」，不如呂錦花的養女保護會行事之深切著明為有效。這個會可以使無告的養女有所托庇，惡德的養母知所警惕；規模雖小，作用却大。現在養女會面臨關閉危機，當局和社會人士，應設法維持，使該會能夠繼續工作下去。

（五七年九月二四日）

117.	六十自述	鄭通和著	傳記
118.	悲劇的誕生	李長俊譯	哲學
119.	一束稻草	吳怡著	散文
120.	德國詩選	李魁賢譯	新詩
121.	樂於藝	劉其偉著	藝術
122.	烽火夕陽紅	易君左著	回憶錄
123.	哲學與文化	吳經熊著	哲學
124.	危機時代的中西文化	顧翊群著	文化論集
125.	自然的樂章	盧克彰著	散文
126.	筆之會	彭歌著	散文
127.	現代小說論	周伯乃著	論述
128.	美學與語言	趙天儀著	哲學
129.	一個主婦看美國	林慰君著	散文
130.	蘭苑隨筆	鍾梅音著	散文
131.	異鄉偶書①②	何秀煌 王劍芬著	散文
132.	詩心	黃永武著	文學
133.	近代人和事	吳相湘著	歷史
134.	白萩詩選	白萩著	新詩
135.	哲學三慧	方東美著	哲學
136.	綠窗寄語	謝冰瑩著	書信
137.	淺人淺言	洪炎秋著	散文
138.	危機時代國際貨幣金融論衡	顧翊群著	經濟
139.	家庭法律問題叢談	董世芳著	法律
140.	書的光華	彭歌著	散文
141.	燈下	葉蟬貞著	散文
142.	民國人和事	吳相湘著	歷史
143.	詞箋	張夢機著	文學
144.	生命的光輝	謝冰瑩著	散文
145.	斯坦貝克攜犬旅行	舒吉譯	遊記
146.	現代文學的播種者	吳詠九著	文學
147.	琴窗詩鈔	陳敏華著	新詩
148.	大衆傳播短簡	石永貴著	論述
149.	那兩顆心	林雪著	散文
150.	三生有幸	吳相湘著	傳記
151.	我及其他	劉枋著	散文
152.	現代詩散論	白萩著	新詩
153.	南海隨筆	梁容若著	散文
154.	論人	張肇祺著	文化哲學
155.	孤軍苦鬪記	毛振翔著	傳記
156.	回春詞	彭歌著	散文
157.	中西社會經濟論衡	顧翊群著	經濟
158.	宗教哲學	錢永祥譯	哲學
159.	反抗者①②	劉俊餘譯	論述
160.	五經四書要旨	盧元駿著	文學
161.	水仙的獨白	胡品清著	散文
162.	希臘哲學史	李震著	哲學
163.	靈臺書簡	劉紹銘著	書簡
164.	春天是你們的	鍾梅音著	散文
165.	談文學	鄭騫等著	文學
166.	水仙辭	張秀亞著	散文
167.	德國文學散論	李魁賢著	新詩
168.	中國史學名著①②	錢穆著	歷史
169.	曾綎書室學術論叢	顧翊群著	學術
170.	鐘	水晶著	散文
171.	旗有風集	漢客著	散文
172.	讀書與行路	彭歌著	散文
173.	南海遊踪	施翠峰著	遊記
174.	閑話閑話	洪炎秋著	文學
175.	迎頭趕上	陳立夫著	論文

58. 監察制度新發展	陶百川著	政論
59. 雪國	喬遷譯	小說
60. 我在利比亞	王琰如著	遊記
61. 綠色的年代	蕭綠石著	散文
62. 秀俠散文	祝秀俠著	散文
63. 雪地獵熊	段彩華著	小說
64. 弘一大師傳①②③	陳慧劍著	傳記
65. 留俄回憶錄	王覺源著	回憶錄
66. 愛晚亭	謝冰瑩著	小品文
67. 墨趣集	孫如陵著	散文
68. 蘆溝橋號角	易君左著	回憶錄
69. 遊記六篇	左舜生著	遊記
70. 世變建言	曾虛白著	時事論述
71. 藝術與愛情	張秀亞著	小說
72. 沒條理的人①②	譚振球譯	哲學
73. 中國文化叢談①②	錢穆著	文化論集
74. 紅紗燈	琦君著	散文
75. 青年的心聲	彭歌著	散文
76. 海濱	華羽著	小說
77. 陜門春秋	幼柏著	散文
78. 春到南天	葉曼著	散文
79. 默默遙情	趙滋蕃著	短篇小說
80. 屐痕心影	曾虛白著	散文
81. 一樹紫花	葉蘋著	散文
82. 水晶夜	陳慧劍著	散文
83. 胡巡官的一天	金文著	小說
84. 取者和予者	彭歌著	散文
85. 禪與老莊	吳怡著	哲學
86. 再見！秋水！	畢璞著	小說
87. 迦陵談詩①②	葉嘉瑩著	文學
88. 現代詩的欣賞①②	周伯乃著	文學
89. 兩張漫畫的啓示	耕心著	散文
90. 語小集	蕭冰著	散文
91. 社會調查與社會工作	龍冠海著	社會學
92. 勝利與還都	易君左著	回憶錄
93. 文學與藝術	趙滋蕃著	散文
94. 暢銷書	彭歌著	散文
95. 三國人物與故事	倪世槐著	歷史故事
96. 籠中讀秒	姚葳著	散文
97. 思想方法	秀河著	時評
98. 腓力浦的孩子	武陵溪著	傳記
99. 從香檳來的①②	彭歌著	小說
100. 從根救起	陳立夫著	論文
101. 文學欣賞的新途徑	李辰冬著	文學
102. 象形文字	陳冠學編著	文字學
103. 六甲之冬	沙岡著	小說
104. 歐氛隨侍記①②	王長寶著	日記
105. 西洋美術史①②	徐代德譯	藝術
106. 生命的學問	牟宗三著	哲學
107. 孟武續筆	薩孟武著	散文
108. 德國現代詩選	李魁賢譯	新詩
109. 祝響集	彭歌著	散文
110. 校園裡的椰子樹	鄭清文著	小說
111. 行與言	[illegible]裕著	雜文
112. 吳淞夜渡	孟絲著	小說
113. 仙人掌	胡品清著	散文
114. 理想和現實	毛子水著	論述
115. 班會之死	碧竹著	小說
116. 二涼亭	吳樹廉著	小說